目次

セーターに愛をこめて

落葉シティの北に位置するカナリィ館《やかた》は、白壁と重厚な煉瓦のコントラストが目を引く、格調高いレトロな洋館である。

館の最初の主がカナリアを飼っていたことでこの名前がつけられたのだが、時代とともに館の持ち主も住人も移り変わり、現在は六人の男女が暮らすシェアハウスとなっていた。

リビングルームは三十畳をゆうに超える大広間で、アンティークな内装と家具で統一されていた。獅子の脚をした大テーブル。アップライトのピアノに作り付けの暖炉。ゆったりとしたソファー。

今そのリビングルームには三人の男女がいた。

ソファーで新聞を広げているのが欧亜《おうあ》大学の芙家《ふけ》教授。専門は哲学である。中背のがっしりとした体躯にえらの張った鋭い眼。いかにも知的職業者といった風貌で、まだまだ若い者には負けないぞといった気概が感じられる。が、薄くなった頭髪とメタボの腹が哀しき老いを告げていた。

テーブルで雑誌を読んでいるのは壇上朱鷺子《ときこ》だった。この街では有名な美容院――センスも腕もいいサロン・ド・トキコ――のオーナーである。歳を重ねても若々しく、銀幕のスターのような華やかさを失わない彼女はマダムと呼ばれていた。

ロッキングチェアで編み物をしているのはイチェーレ。ユダヤ系アメリカ人で英名はアイザック・ゴールドシュタイン。すらりとした長身に波打つ黒髪。どこか風変わりなこの若者の職業は編み物作家だった。

「年が明けても雪が降らない。こういうのを緑の冬っていうんだと」

新聞から眼を上げた教授が言った。

「それなら四月に台風が来れば黒い春。八月に雪が降れば白い夏。十月にウグイスが啼けばピンクの秋なのか。異常気象のことだろう。もってまわった言い方をしないでハッキリ書けばいいのに」

「相変わらず教授は即物的ね」

マダムがクールに応えた。

「ものごとを直接的に言わないのが日本人のたしなみじゃない。お勘定すること をおあいそって言ったり、とじることをお開きにしましょうって言うでしょう。スルメをアタリメって言うんだってスルがスリを連想させるから。気を使ってるのよ」

「異常気象とスルメがどんな関係があるんだ。それにイカに気を使うなんてどうかしてるよ」

「誰がイカに気を使うですって。人間に気を使ってるんじゃないの」

「ふん。もっと気の利いた気の使い方をしてもらいたいもんだね。だいたい桜が五輪開くと開花宣言って誰が決めたんだ」

「どうして話が飛躍するのよ」

「飛躍じゃなくて元に戻ったんだ。緑の冬。気象イコール気象庁の話」

マダムの顔が少しなごんだ。

「そうね。桜はべつに五輪でなくたっていいわよね。三輪、いえ一輪でもいいかしら。一輪だって開花は開花だもの。気象庁が基準を下げたら日本中に春が早く来るわ。なんてステキ！」

教授が軽蔑の眼差しでマダムを見た。

「わたしが言いたいのは桜の開花宣言の是非についてだよ。どうして毎年毎年あんな発表しなくちゃならんのだ。五輪咲こうが一輪咲こうが、咲けば見ればわかる。大きなお世話だ。時間のムダ！」

「忘れてた！」

突然マダムが立ち上がった。

「絢子《あやこ》さんが来るのよ。お茶の支度しなくちゃ」

キッチンに向かう背中でマダムは皮肉をこめて言い放った。

「教授と話すのが時間のムダだってことも忘れてたけど！」

「なんですと！」

教授とマダムの喧嘩はいつものことである。イチェーレはどこ吹く風と聞き流している。

これもいつものこと。

やがて訪れた絢子をマダムは笑顔でリビングルームに迎えた。

絢子はサロン・ド・トキコの馴染み客の一人だった。

おっとりとした童顔だが来年還暦を迎える。引っ込み思案が災いして若い時から片想い専門。結婚に縁がなく、今も独り身だった。

そんな絢子が恋をしたのだ。

「いくつ」

「それが…ちょっと年下なの」

マダムは優しくほほえんだ。

「正解よ。六十過ぎた相手と結婚したって待ってるのは介護だもの」

「結婚だなんて…」絢子は乙女のようにはにかんだ。「いいの、心で想ってるだけで。この歳で好きな人がいるなんて、それだけで幸せなことだもの」

「この歳だからこそ頑張るんじゃないの。若い時は次があるけど、この歳になるとあとはないのよ」

「だって今さら男の人と付き合うなんて、どうしたらいいのかわからないもの」

ソファーで新聞を読むふりを続けていた教授が、たまらず口を開いた。

「セーターを贈ったらどうだろう」

マダムと絢子は思わず顔を見合わせた。

「贈り物をされて悪い気がする人はいないだろう。プレゼント作戦だよ。わたしも贈られたことがあるんだが、いいものだよ女性の手編みのセーターって」

「でも私、不器用で。編み物なんてしたことないもの…」

イチェーレののどかな声がした。

「大丈夫。ぼくが教えてあげるよ」

オレンジロードに午後の陽がふり注ぎ、街路樹が風に揺れている。四車線の道路では車やバスやバイクが行き交っていた。

商店やマンションが立ち並ぶ中に古びた七階建てのビルが見える。その五階のラジオ局のスタジオで、マイクに向かっているのは『やなかん』だった。

「この前ボクの横をね、美人が通りすぎていったんです。その背中に、なんと針金ハンガーが引っ掛かってるんですよ。びっくりしました。彼女ぜんぜん気づいてないみたいで、それでね、教えてあげようと思って声をかけたんです。すると、振り向いた彼女は品定めするみたいにボクを見回ししたあと、『お茶くらいなら付き合ってもいいわ』って言ったの。二度びっくり！　美人は声をかけてくる男は全員ナンパ目的だって思い込んでるんですね〜。恐いですね〜。でも大丈夫。アナタはこんなカン違いする心配、ぜんぜんありませんから」

毒舌がウリのやなかんは、いつもこんな調子だった。

年齢不詳。住所不詳。名前八名幹二《やなかんじ》——通称やなかん——も本名ではない。番組のイメージに合わせてディレクターが勝手につけたのである。

期待されていなかったのに、やなかんがディスクジョッキーをつとめる『落葉のひとりごと』はじわりじわりと人気が出始め、今ではこの局の看板番組のひとつになっていた。

実像のやなかんは、「嫌な感じ」どころか、けっこう感じの良い、好青年ならぬ好中年だった。さきほどの美人の例をあげると、カン違いだったとはいえ、振り向いた彼女に「お茶くらいなら付き合ってもいいわ」と言わせる程度の容姿の持ち主だった、というわけである。

そんなややなかんであったが、実は彼は自分に自信が持てないでいた。若い時分、恋人に続けてフラレた経験がトラウマになっていたのである。

彼に非があったわけではなく、どちらも相手に好きな人ができての心変わりだったのだが、やなかんは大きく傷ついた。二度あることは三度ある。気弱な性格が手伝って、三度目にチャレンジできないままに現在に至ったのだった。

そうそう彼の自信のなさを物語る、次のような出来事があった。

初夏といってもいいほどの、暖かすぎるある春の日——。

通りを歩いていると向かいからセーターを着た男がやってきた。

「こんな暖かい日にセーターなんて」とやなかんは思ったが、皆が振り向いてこの男を見ていたのは、そのセーターの奇抜さゆえんであった。黒地に黄緑のMとSを総模様に編み込んである。とても正気のセンスとは思えない。しかもセーターの腹はメタボで盛り上がり、その下から出ている足はこれでもかというくらい短いのである。

まるで見せ物小屋の奇っ怪な住人。

やなかんは男から眼を離せないでいた。

近付いてきた男はえらの張った顔で冷ややかにやなかんを見た。

「何かね？」

「ス…ステキな…」鋭い眼に射竦められて、やなかんは唾を呑み込んで言った。「ステキな…セーターですね」

「彼女の手編みなんだ」

男はにこりともしなかったが、不遜なその眼には勝者の余裕がありありと感じられた。加えてその眼は言っていた。

お前は持っていないだろう——と。

遠ざかっていく後ろ姿を前に、やなかんは完全に打ちのめされてしまったのである。

——あんな奴でも彼女がいるんだ…。

「みなさん、今年もモテない女がセーターを編みたがる不気味な季節がやってきました」

絢子はセーターを編む手を止め、拗ねたようにラジオを睨んだ。

——もう、人の気も知らないで…。

ラジオから流れているのは『落葉のひとりごと』だった。

そう、絢子の片想いの相手は、やなかんなのである。

しかし、リスナーの一人として片想いしているのではなかった。なぜなら絢子は、やなかんの本名も年齢も知っていたから。それどころか住まいも知っている。ほらそこに、絢子が今いるリビングから見える、二階建てのアパートの

２０３号室がやなかんの部屋なのである。

絢子がこの歳まで独り身でいたのには、実はもうひとつの理由があった。父が若くして亡くなった後、母も六十半ばで病に倒れた。その母親を絢子は長年介護していたのである。

やがて母は他界。

絢子は遺産として隣のアパートを譲り受け、大家となった。

やなかんと初めて会ったのは四年前の春だった。

その時のことを絢子ははっきりと覚えている。

会社の独身寮にいたのが住めなくなったのでアパートを探しているとのことで、知人からの紹介だった。

「会社が倒産したんです」彼は淡々と告げた。「これから職探しです」

「まあ…大変ですね」

「貯えが少しあるので、家賃を滞納してご迷惑をかけるようなことはないと思うのですが…」

「困っている時はお互い様です。大丈夫ですよ。ちょうどひと部屋空いてますから。いいお仕事見つかるといいですね」

感じの良い人だとは思ったが、この時はこれで終わった。

その後、彼はラジオ局でのアルバイトの職を得た。

最初は裏方だったのが、代役でつとめた朗読が認められ、マイクの前に座るようになった。

ほどなくして正社員として採用が決定。

朝のゴミ出しで顔を合せた時、絢子は報告を受けた。

「やっと本採用になりました」

「おめでとうございます。これでひと安心ですね」

そしてついに自分の番組を持つに至ったのである。

「『落葉のひとりごと』っていう番組でディスクジョッキーを担当することになりました」

ゴミ置場の前でそう告げられた時、絢子は思わず両手を胸に組んだ。

「すごいわー！　番組タイトルもステキ。ポエムね！」

「でもないんです。キツい毒舌がウリで。ＤＪのボクは正体不明という設定で、年齢も住所も明かさない。名前は八名幹二」

「やなかんじ？」

「毒舌が嫌な感じってワケ」

絢子は笑い出してしまった。

「面白そう。あなたが毒舌なんて似合わないけど。言えるの？」

「台本があるんです。それを基本にキャラクターを演じるわけで。駄洒落が好きなディレクターの思い付きでやってみることになって。駄目もと企画なので気は楽です」

そして始まった『落葉のひとりごと』。

番組の人気上昇とともに、彼は八名幹二を演じることにすっかりハマった。まるで生れながらの毒舌家。ほどなくして台本なしでも『やなかん』になりきることができるようになった。

そんなやなかんに、絢子は恋をしてしまったのである。毎回ラジオで『落葉のひとりごと』を聴いているうちに、絢子が知っている「感じの良い彼」と「嫌な感じの彼」とのギャップが、その琴線に触れたのだった。

やなかんのお喋りが終わり、ラジオからはリクエストの曲が流れていた。

絢子は出来上がり間近のセーターを見つめ、ため息をついた。

気に入ってくれるかしら？


やなかんに贈るセーター。

初めてなのでシンプルにとイチェーレは提案したが、せっかくだから北欧風にしたいと絢子は願った。それで胸の部分に雪の結晶を編み込むデザインと決まり、教えられるままに、絢子は編み始めた。

来る日も、来る日も、編み棒を動かす。

ひと針、ひと針。

一生懸命、真心こめて。

グレイの地に白い結晶の浮き出た伝統的なこの北欧模様のセーターは、色使いが上品で、結晶の大きさも配置もセンスがよかった。

パターン通りに仕上がれば、ステキなセーターが誕生するはずである。

ただひとつ問題が…。

「もうちょっと糸をゆるくね」

編み棒を持つ手を何度イチェーレに注意されたかわからない。

ひと針、ひと針。

なにしろ初めてなのである。

どうしても肩に力が入ってしまう。

ひと目、ひと目。

編目がきつく詰まってしまう。

「これだと固くてごわごわになっちゃうよ」

指摘を受けて、ほどいて、ほどいて、やり直して。

気をつけているのだが、それでも編んでいるうちに、いつのまにかまた目がキチキチになってしまう。失敗を何度繰り返したかわからなかった。

「先生、私…もう限界…」

絢子は泣きたくなってきた。

「大丈夫。だいぶよくなってきたよ。もうこのままで編み進めよう。これはこれで味があるから」

イチェーレに励まされて、三ヵ月かかってようやく編み上げた身頃。

「頑張ったね。結晶も綺麗に仕上がってるよ」

「でも先生…」

絢子は心配そうに身頃を両手で持ち上げてみた。「これって重くないかしら」

輪針でぐるぐると円筒状に編みあげた糸の詰んだ身頃は目ががっちりと詰み、俵のように重量感があった。

「これに袖をつけるんでしょう。もっと重くなっちゃうわ」

「問題ないよ。セーターの重さは愛の重さと正比例っていうだろ」

「そんなことわざあるんですか？」

イチェーレは悠然と答えた。

「ぼくが今創ったんだ」


クリスマス翌日の十二月二十六日。

その日はやなかんの誕生日だった。

仕事帰りにスーパーの前を通ると、ワゴンに積まれた売れ残りのケーキが半額で売られていた。やなかんは目の端でその姿を追っていたが、侘しそうにため息をつくと、店を素通りしていった。

時刻は夕方の六時過ぎ。辺りは暗く、外灯が犬の散歩をしている人の姿を照らしている。

アパートに着くと、部屋に明かりが点くのを待っていたかのようにチャイムが鳴った。やなかんがドアを開けると、大家が立っていた。

「お誕生日おめでとうございます。これプレゼントです」

差し出された包みをやなかんは機械的に受け取った。不思議に思ったが、何かを尋ねるいとまなく、大家はすぐに帰っていった。
部屋に戻って包みを開けると、セーターが現われた。
中にはカードが入っていた。

お誕生日おめでとうございます。
初めて編んだセーターです。
下手ですが、心をこめて編みました。
受け取っていただけたら幸いです。
絢子

やなかんはただただ驚いていた。
――これってもしかして…。
――まさかあの人がボクを…。
これまでやなかんは大家を異性として意識したことがなかった。

絢子という名前も今初めて知ったのである。

この事態をどう受けとめていいのか?

わからなかった。

彼女のことをどう思っているのか、自分の気持ちもわからない。

ただひとつ、わかっていることがあった。

やなかんはセーターを大変気に入ったのである。

色もデザインも好みだったし、何といっても手編みなのである。

あの暖かすぎる春の日に出会った、えらの張った奇っ怪な男の姿をやなかんは思い出していた。彼女の手編みのセーターが得意げだった顔。お前は持っていないだろうと言っていた眼。

あの時に味わった屈辱。

打ちのめされた気持ち…。

それがついにやなかんにも手編みのセーターを贈ってくれる女性が現われたのである。

セーターを見つめているうちに、やなかんはだんだん嬉しくなってきた。
それでさっそく着てみることにした。
すると、
——重い…。
ずっしりと、重い。
まるで背後霊でものしかかっているかのよう。
重さが肩にくい込むのである。
やなかんは細身というほどでないにしても筋肉がっちり体型ではなかった。
着心地が悪くともファッションを優先して気合いで着れるほど、若くもない。
——重い。
——重い。
しばらく歯をくいしばって着ていたが、とうとう耐えかねて脱いでしまった。
——どうしよう…。
——憧れの手編みのセーターなのに。

やなかんは頭を抱えてしまった。

「座布団にしたって？」

「正確には座布団カバーよ」

カナリィ館のリビングでは、教授がソファーで新聞を広げ、マダムがテーブルで雑誌をめくっていた。イチェーレは揺り椅子で編み物をしている。おなじみの光景の中で、絢子の恋の顛末についての会話がくり広げられていた。

「あんなに一生懸命編んだのに、座布団にされたって、最初は絢子さん大ショックで、泣きにきたのよ、ね、イチェーレ」

「すごく頑張ったんだけど、セーターには、やっぱりちょっと重かったからね」

イチェーレが気の毒そうに答えた。

「だから教えてあげたんだ。ぼくのお祖母さんが、お祖父さんに初めてセーターを編んでプレゼントした時も、重くて着れないからって座布団にされたんだ。お祖父さんはその座布団を死ぬまで大切に使ってたんだよって」

「要するに、着れないセーターを座布団にしてまで使いたいということだな」

教授がにやりと片眉を上げた。「プレゼント作戦は成功というわけか」

「絢子さん、今二枚目のセーターに挑戦してるの。今度こそ着てもらえるセーターを編んでみせるって大張り切り。この二人、うまくいくといいわねえ」

ほがらかな顔で、思い出したようにマダムが続けた。

「そういえば、私がお世話してた未亡人。話がまとまったの。来週が結婚式」

マダムのお節介は今に始まったことではなかった。話も早いがまとめるのもうまい。めでたくゴールインしたカップルは数知れず。なぜかこの手の話、マダムが関わるといつもうまくことが運ぶのである。

結婚式の際には、花嫁はサロン・ド・トキコで支度をする。つまりこのお節介は趣味と実益を兼ねていた。周囲から今やマダムはブライダル朱鷺子と呼ばれているのである。

「結婚式は二度目だから地味にするって言ってたのに、新郎は初めてだから盛大にしたいって。ハネムーンはヨーロッパだそうよ」

教授が呆れ顔で鼻をならした。

「そんなことに大枚はたいて。粋狂なことだ」

「いいじゃないの。たった一度の人生なんだから、一生懸命働いたお金をお祝いごとに使えるのって、幸せよ」

「お祝いごと？　結婚がめでたいことだなんて、誰が決めたのかねえ。給料はとられ、自由も奪われ、監視される。三拍子の受難が待っているのに」

「はじまった、教授の結婚悲観論。毎度じくじくとよく言うわねえ。結婚できない者のヒガミね」

「ひがんでなんかないさ。キレイごと言ってても、マダムの本音も同じだろ。結婚しなかったじゃないか」

「あら私は理想の王子様が現われなかっただけよ。現われたら、これから結婚するかもしれないわ」

「ほほう、未だ結婚願望を捨ててない。マダムの王子様は今いずこに」

「いっそ教授とマダムが結婚すれば？」

イチェーレののどかな声に、教授とマダムは顔を見合わせた。

「真夏に雪が降ってもそれはない。ありえないわ」

マダムがクールに応えた。

「冬に桜が咲いてもない」

教授の声にはいささかの動揺がうかがわれる。

「秋に蛍が飛んでもないわ」

「春につくつくぼうしがないてもない」

「太陽が凍ってもないわ」

「星が天体から焼け落ちてもない」

教授は真っ赤な顔で断言した。

「ない！　絶対に、ない！」

了

十六夜《いざよい》

十六夜とは陰暦十六日の夜のことを言うが、その夜に上る月を指しても言う。それだけでなく、十六夜とは、欧亜大学の経済学部、北白川講師の名でもあった。

「そもそも君のその名前。知ってるかい、イザヨイというのは、ためらうという意味なんだって。十五夜より小一時間おそく、ためらいながら昇ってくる。十六夜はためらいの月。だから君のことが、わたしは心配で心配で――」

大学祭でバンジージャンプをやると宣言した中瀬助教授が、周囲を巻き込んでの大騒動の際、十六夜に言った言葉である。

結局、十六夜の断腸の思いの決心でバンジージャンプは中止。思いを寄せるイアンのシェフの鞠香に、十六夜はカッコよく飛ぶ姿を見せることができなかった。

以後も恋の進展はなし。

十六夜は相も変らずイアンのカウンターで、客のこぼれ話を聞きながら、料理を作っている鞠香の横顔を見つめているのが精一杯だった。

しかし十六夜のこのひそかな恋心を察知し、しかも応援している人物がいた。

マスターである。

幼い頃に親を亡くし、施設で育った苦労人のマスターは、十六夜を内気だが男気のある人物だと見抜いていた。そして、店のアイドルであるウェイトレスのナナちゃんには目もくれず、無口で無愛想な鞠香が恋の相手であることに好感を持っていた。

鞠香は地味だが心根のまっすぐな娘であった。この青年は目が高い、気に入った——というワケである。

ある夜、カウンターに座ろうとした十六夜にマスターが声をかけた。

「今夜は空いてるので、よろしければあちらでゆっくりお召し上がりになって下さい」

マスターは時々こう言って、常連客を窓際の席に案内する。親しい相手だと、自分も一緒に席について話し込んだりもする。

めずらしいことではなかったので、十六夜は素直に好意に従った。窓際の席だと落ち着くし、街の夜景を楽しめる。

好物のスタッフド・フィッシュをたいらげて、外の景色を眺めていると、マスターが「サービスです」とコーヒーを運んできた。

「実は、お願いがあります」

十六夜の前に腰かけたマスターは、改まった調子で声をひそめた。

「お客さまからメルヘンランドのチケットを頂いたのですが、使いきれなくて困っています。一枚もらっていただけませんか」

メルヘンランドとは街外れにある遊園地だった。

「良い機会なので、来週の定休日に店の者たちと遊園地に行くことにしました。たまには童心にかえって。わたしは家族を連れていきます。ウェイトレスの七丘は友達を何人か。シェフの大島の連れはないとのことですが、みんながいるから問題ないでしょう。お時間があれば、よろしかったらその時いらっしゃいませんか？」

マスターは十六夜が欧亜大学の講師であることを知っていた。リサーチの結果、その日は十六夜の午後からの授業がないことも了解済みである。

「午後からなら伺えます」

十六夜は生真面目に答えた。

「それは良かった」

マスターはにっこりと笑った。


季節は夏の終わりだった。

空は快晴。広々とした園内に爽やかな風が行き渡っている。花壇には色とりどりの花が咲いていた。

ピンクの日々草、バーベナ、リアトリス。赤いのはダリア、サルビア、ガーベラ。黄色いマリーゴールド、ポーチュラカ、ペチュニア。青紫の花はベロニカ、トレニア、デルフィニウム。

噴水の周りでは子供たちが駆け回っている。ジェットコースターから聞こえてくる悲鳴。リズミカルな音楽とともに回転木馬が踊っている。観覧車は青空を背にゆったりと回っていた。

十六夜が約束の時刻に遊園地に行くと、入り口にマスターが待っていた。

マスターは十六夜のもとに来ると、思いがけないことを言った。

「みんな午前中から来ていたんです。遊び疲れたというので、申し訳ないのですが、先に解散となりました」

十六夜は身体中から力が抜けていくのを感じた。

「そうですか」

「でも…」

マスターは十六夜にグッと近寄り、言葉を続けた。

「一人だけ午後からしか来れないと連絡があって、実はこれからシェフの大島鞠香が来ます。せっかくいらして下さったのですから、よろしかったら大島の相手をして下さいませんか？」

急降下に急上昇、まるでジェットコースターに乗っているかのよう。十六夜はすぐに返事ができなかった。

「無口な娘ですが、いないよりはマシです。ひとりぼっちの遊園地は寂しいですからね」

十六夜の肩に手をかけると、マスターは朗らかに言った。

「頑張って！」

遊園地のベンチで十六夜と鞠香は並んでソフトクリームを食べていた。

十六夜は夢見心地だった。初めて鞠香と二人きりになれたのである。しかも遊園地。まるでデートではないか。

しかし鞠香は浮かぬ顔。いつもよりいっそう無口で、いっそう無愛想である。

二人きりなのがイヤなのか？

十六夜は気になって仕方なかった。

「いいお天気ですね」

「…」

「風が気持ちいいですね」

「…」

なんとか鞠香に口をきいてもらおうと、十六夜は知恵をしぼった。

「大島さんは、今日は午前中用事があったんですね」

鞠香は怪訝な表情を十六夜に向けた。

「ぼくも仕事で。だから午前中来られなかったんです。大島さんが午後からいらっしゃって…助かりました。ひとりぼっちの遊園地は寂しいですからね」

助かりました、ではなく、嬉しかったです、と言えばいいのに、シャイな十六夜にはそれができない。

でも鞠香の顔からはなぜか緊張の色が解けた。

「マスターに午後から遊園地に来るようにって言われて、それで来たんです」

十六夜は不思議に思ったが、鞠香が口を開いてくれたのが嬉しくて、会話を続けた。

「マスターって、歳は五十代ですか？」

鞠香は黙って頷いた。

「ご家族は、奥さんと子供さんが二人くらいかなあ」

「独身です」

「…え？」

「マスターに奥さんと子供はいません」

「でもたしか、家族を連れてくるって…」

十六夜は大急ぎで頭を巡らせた。

「そうか、家族って、お父さんとお母さん。ご両親のことだったんですね」

「マスターは両親を小さい時に亡くしています。一人っ子で、家族はいません」

十六夜はあっけにとられてしまった。

なぜマスターは嘘を…？

「マスターってどんな人ですか？」

「いい人です。親切で」

「こんなふうに、お店以外の所に呼び出されるって、よくあるんですか？」

「お休みの日に、ナナちゃんやお客さんと一緒にボーリングに誘われることはあります。私はあまり行かないんですけど」

「どうして？」

「お休みの日は家でゆっくりしたいし、それに習いごとをしてるんです。今日は先生の都合でお休みになったんですけど」

「マスターはそのことを知ってる？」

「はい」

そうか。

その時になって初めて十六夜に真相が読めてきた。

マスターの企みだったのだ。鞠香への恋心をなぜか見抜き、応援してくれているのだ。渡されたチケット。十六夜が行きやすいように仕組まれた嘘。去り際の「頑張って！」の言葉。そうならばすべて合点がゆく。

そうと悟った十六夜は、勇気百倍。闘志をみなぎらせた。

ありがとうございます、マスター。あなたのご厚意に応えるためにも、頑張ります！

ソワトクリームを食べ終えた鞠香は、手持ち無沙汰そうにベンチに座っている。

十六夜は立ち上がった。

「飲み物を買ってきましょう」

頼まれたコーラを手渡すと、「ありがとうございます」と鞠香は初めて笑顔を見せた。十六夜は、やった！　と勝利感に包まれた。さあここからが本番である。でも何を話題にすればいいのか？

十六夜は一生懸命考えた。

「さっき…習いごとっておっしゃってましたね。何を習っておられるんですか?」

「習字です」

「あの筆と墨で書く?」

「はい」

「どんなきっかけで始められたんですか?」

「先生の字が好きで、それで習い始めたんです」

「どこで先生の字を?」

「市の協会の書道展です。たくさん出展者がいて、その中に先生の作品が。一目で惹かれました。女らしくて、美しいんです」

「美しい字は、それだけでその人の魅力ですね」

十六夜の言葉に鞠香は嬉しそうにほほえみ、打ち解けた調子で話し始めた。

「先生は若い時、『風が丘のマドンナ』って呼ばれてたんですよ」

「風が丘のマドンナ。すごいなあ。きっとすごく綺麗な方なんでしょうね」

「六十を過ぎておられますが、ぜんぜんそんなふうに見えません。若々しくて、とても綺麗な方です」

「先生は風が丘に住んでいらっしゃるんですか？」

「古い日本家屋に。教室もこの家で開いておられます。お母さんが亡くなられた後はお父さんと二人暮らしです。でも近々ご結婚されます。初めてのご結婚で、今日は結納ということで教室がお休みになったんです」

還暦過ぎて初婚というのも珍しい、と十六夜は興味を持った。

「お相手はどんな方ですか？」

「それが…すごく年下の方です」

「どこで知り合われたんでしょう？」

「教室の生徒さんだと聞いています。私は会ったことありませんけど」

先生と教え子。

世に言う「禁断の恋」である。

教職の身である十六夜にとっては刺激的な話であった。

「歳の離れたカップルで、女性の方が年上というのは、近頃珍しくないですよね。そんなに綺麗な先生なら、そういうこともきっとアリなんでしょう」

するると鞠香が思いがけないことを教えてくれた。

「先生は若い時に恋人を事故で亡くしておられるんです。その人の死を受け入れられず、生まれ変わりを信じて、今までずっと独り身を通しておられた。そう聞いています」

生まれ変わり？

十六夜はひどく驚いた。

「でも結婚されるんでしょう？」

「はい」

「ずっと年下のそのお相手の方と」

十六夜と鞠香の目が合った。その目の中に十六夜は何かを感じ取った。

「もしかしたら…」

「そうなんです」

鞠香は十六夜から視線を逸らさずに答えた。

「先生は信じておられるんです。結婚相手を恋人の生まれ変わりだと」


伝説と語れ継がれている、風が丘のマドンナの恋人への強い思慕。生まれ変わりを信じて待ち続けた日々。果たして生まれ変わりはあるのか？　先生の結婚相手は本当に恋人の生まれ変わりなのだろうか？　どうして先生は彼をそうだと信じたのか？

興味と会話は尽きることなく、十六夜と鞠香は時が経つのを忘れていた。

ふと気づくと、遊園地が薄墨色に染まっていた。

「いつのまにか夕方になってますね」

十六夜が辺りを見回して言うと、鞠香も戸惑ったように「話に夢中になってて気づきませんでした」と苦笑した。

暮れてゆく空。

園内にはムーンリバーが流れている。
告白するには最適のチャンス。
十六夜は深呼吸をした。
今だ！
マスターの「頑張って！」の声が聞こえてくる。
今だ！
ああそれなのに…。
どうしても、どうしても、一歩を踏み出せないのである。
——そもそも君のその名前。
中瀬助教授の言葉がよみがえってきた。
——知ってるかい、イザヨイというのは、ためらうという意味なんだって…。
こんな名前だから…。
十六夜は名付けた親を恨みたい気持ちだった。
いざという時、意気地がないんだ。

「いい名前ですね、イザヨイって」

十六夜は顔を上げて鞠香を見た。

「ぼくの名前をご存じなんですか？」

鞠香は恥ずかしそうに頷くと、空を見上げた。

青紫の空に月が出ていた。

「欧亜大学の北白川十六夜先生。マスターから聞きました。十六夜に生まれた。だからですか？」

「そうです」

「私は満月の夜に生まれたんです。まあるい鞠みたいなお月さま。だから鞠香」

「そうなんですか」

思いがけない言葉だった。なんと彼女とは同じ月から名づけられたのである。

運命を感じたが、安っぽくなるような気がして、それを言葉にすることはできなかったけど。

二人は黙って月を眺めていた。

やがて園内に「蛍の光」が流れてきた。

閉園である。

十六夜は焦っていた。

ああ、なぜベンチに座ってばかりいたんだろう。せっかく遊園地にいるのに。花壇の花を眺めて、ベンチでソフトクリームを食べて、コーラを飲んで、終わってしまった。

観覧車に乗ればよかった。回転木馬ではしゃげばよかった。ジェットコースターで絶叫すればよかった。

でも、今さら後悔したって、仕方ない。

十六夜は腹をくくった。

誘うのだ。

挽回するのだ。

今度またここに来ましょう、と彼女に言うのだ。

「私…遊園地が苦手なんです」

鞠香がぽつりとつぶやいた。

「高所恐怖症なので観覧車は駄目。回転木馬は目が回るし、ジェットコースターなんて恐ろしくて…」

「マスターはそれを？」

「知りません」

なんというオチ。

十六夜の心は折れる寸前だった。

これでは。

絶対、
次はない。

「だから今度は動物園に誘ってください」

…え？

十六夜が顔を上げると、鞠香が笑っていた。
満月のような笑顔だった。

了

計算できない女

小学生の時から小百合は算数が苦手だった。数字に弱く、計算ができない。人間関係においてもそれは現われた。

わかりやすいのが恋愛である。かけひきができず、距離感がつかめない。打算的でないのは時に胸をすくのだが、痛い目にも遭う。

その最たるものが離婚であった。

夫に非があるにもかかわらず、何も要らないといって別れ、一人娘を自分の稼ぎだけで育て上げた。そこまでは良かったのだが、娘が嫁ぎ、お一人様となった今となって、現実のきびしさに遭遇した。年金がびっくりするほど安いのである。贅沢は望まない。食べていけさえすればいい。そう安楽にかまえていたのだが、これでは楽隠居は夢のまた夢だった。

小百合は焦った。

介護の仕事で腰を痛めている。若い頃のようなスタミナはもうない。しかし貯金がなく、ほかに収入のあてのない身では、仕事を続けるしか仕方なかった。

「慰謝料も教育費ももらわないなんて。あんたってバカじゃない。当然の権利なのに」

今まで周りから何度そう言われてきたことか。

小百合はその度に胸をはって答えたものだった。

「私を裏切った人のお金なんか要らない。別れてくれたらそれで良かったの」

その言葉にいつわりはなかったけれど、当時は老後のことまで考えが及ばなかったのである。

「小百合ってホント計算できない女だよね」

幼なじみの麻子に言われて、小百合はへこんだ。

「こうなったら早くお金持ちの相手を見つけるのよ。老後の安泰は経済力が必須なんだから。これ、サンザシの会の入会案内。今度こそ年貢のおさめどきよ」

サンザシの会とは麻子の勧めている結婚紹介所だった。

またかと小百合は手をふった。

「そんな気はないっていつも言ってるでしょう。だいたい入会費が高すぎるわよ」

するると「実はね……」と麻子は改まった調子で姿勢を正した。

「杏子ちゃん夫婦がね、お母さんのことを心配してるの。費用は自分たちで支払うから、入会するよう説得してくれないかって頼まれたのよ」

小百合は唖然と麻子を見返した。

思いがけない言葉であった。

「女手ひとつで育ててくれたお母さんの苦労を知ってるもの。杏子ちゃんのご主人、良い人ねえ。有り難いことじゃない。二人して小百合の幸せを心から願ってくれてるのよ」

小百合は口をとがらせた。

「結婚が幸せって限らないでしょう」

「前の結婚はね、相手が悪かったの」

麻子は鷹揚に言い返した。

「今だから言うけど、花園小町と言われてた小百合が、どうしてあんな男と結婚したのか、もったいないってみんなで嘆いてたのよ」

小百合と麻子は花園町生まれの花園町育ちだった。

色白で卵に目鼻。スラリとして清楚な小百合は、まさに「歩く姿は百合の花」。花園小町と名づけられ、男性の憧れの的であった。

しかし高嶺の花が災いして、年頃になっても誰もアプローチしてこず。焦った小百合は、唯一アタックしてきた男性と、仕方なく結婚したのである。

麻子は真剣な顔で諭した。

「幸せな結婚というのは、本当にあるの。この仕事をしているからこそ、経験から、私は確信を持ってそう言えるわ。小百合、あなたにふさわしい人がきっといる。今度は幸せだと思える結婚をするのよ。女ひとり、ひとりぼっちで、このまま人生終えるの、寂しすぎない？」

「でもこの歳になって…」

思わず小百合が口にすると、麻子がにっこりと笑って請け合った。

「大丈夫。小百合はまだまだイケる。ちょっと磨けば、見違えるようなイイ女になれる。それに今は熟年結婚ブームなのよ。サンザシの会は会員も多いし、実績もある。きっといい人が見つかるわ」

アパートの六畳間で小百合は寝転んで天井を見つめていた。

「再婚、か…」

今まで真剣に考えたことはなかった。生活に追われていたし、子どもを育てるのに一生懸命だったから。出逢いもなかったし。夫の裏切りを体験したことで、男性不信も根深くあった。

しかし、心の奥では、小百合はやはり寂しかったのである。

入会だけしてみようかな。会ってみてイヤだったら断ればいいんだから。

麻子の親身な説得に、心が動き始めていた。

二日後、小百合はサンザシの会に入会した。

「ダメ元で決心したの。よろしくお願い致します」

神妙に頭を下げた小百合に、麻子は一枚のファイルを渡した。

「その言葉を待ってたのよ。さあ、まずはこの人から」

山岡亘。小百合より七つ上の六十七歳。

妻とは死別。

元高校の教師。

「子どもがいないのよ。家もあってローンも支払済み。五つ星のお薦めよ」

麻子の強力な後押しに、指定されたイアンという店で会ってみると、なかなか感じのいい人であった。

窓際の席で、二人はコーヒーを前に向かい合っていた。

テーブルには淡いピンクの薔薇の一輪挿し。生まれて初めてエステに行った小百合の肌はこの薔薇のようにつやつやしていた。

山岡はまぶしそうにうつむいている。内気な人なのかもしれないと、小百合が口火を切った。

「山岡さんは高校の先生をしておられたんですね」

「数学を教えていました」

　小百合は居住まいを正した。

「算数が苦手だったので、数学ができる人って、何というか…緊張してしまいます」

　山岡は可笑しそうに、

「算数と数学は違うんですよ」

　と言ってカップを手に取ると、数学談義を始めた。

　退屈な話だったが、小百合は興味ありそうに頷きながら、一生懸命に耳を傾けた。

「数学ができる人間は大勢いますが、驚異にあたる人間は一握りです」

「驚異…ですか」

「たとえば私の友人の儀間《ぎま》。彼はその一握りの人間でした。とにかく数学ができる。高校時代、数学は学年でずっとトップでした。答えも正確ですが、問題を解くのがすごく早いんです」

「そうなんですか」

「そう。いつだって一番に答案を仕上げて教室から出て行く。点数は毎回百点。儀間いわく、答案用紙をめくって問題を見た途端、答えがわかるそうです」

「すごいですね」

儀間さんは違う惑星に住む人なんだ、と小百合はいたく感心した。

「儀間はね、天才だったんです。何度も問題を解いていくうちに、最後には答案用紙をめくる前に質問がわかった、といってましたよ」

「そういうことってあるんですか？」

さすがにこれには半信半疑だったが、山岡は無頓着に続けた。

「儀間ならフィールズ賞を獲れたでしょうね」

「フィールズ賞って何ですか？」

「新境地を開いた若手数学者に与えられる国際数学者会議の賞です。数学のノーベル賞といわれていて、日本人も受賞してますよ」

「そんな賞があるんですね。ちっとも知りませんでした。それで儀間さんは数学者になられたんですか」

「大学を卒業した後、スイスの研究所にいましたが、なぜかそこを辞めて、あとは行方不明です」

「行方不明…」

「頭は切れましたが、変わった人間でしたから」

二人はその後も楽しく会話をし、行儀良く別れた。


「どうだった?」

麻子から尋ねられて、小百合は浮き浮きと答えた。

「感じのいい人だった。数学の話で盛り上がって。楽しかったわ」

「よかった。あとは山岡さんの返事待ちね」

小百合としては良い感触だと思っていた。今度会う時は何を着ていこうかと考えていたくらいだったのである。

ところが山岡は小百合との話を断ってきた。

「フィールズ賞も知らないのはちょっとって…」

楽しく会話していたつもりだったのに、相手は小百合をバッチリ値踏みしていたのである。

「そんなふうに思われてたなんて…」

小百合はすっかり自信を失ってしまった。

「大丈夫よ。まだ一回目なんだもん。肩ならしだと思って。次へ行こう！」


佐原信哉《しんや》、六十三歳。

子供三人はそれぞれに家庭を持って独立。

妻とは十八年前に離婚。

お見合い場所は前回と同じイアンであった。通された席も同じ窓際の席なら、マスターがコーヒーのお代わりをサービスで持ってきたところも同じ。サンザシの会の代表とマスターが友人で、会員がお見合いする時はイアンを使う暗黙の了解となっているらしい。

佐原は落ち着いたオトナという感じだった。

お互い離婚経験者ということで、話はいつしかそちらに向かっていた。小百合が離婚した理由を打ち明けると、佐原も自分が別れに至った話を始めた。

「妻に好きな人ができたんです」

小百合は思わず佐原を凝視した。

「仕事が忙しくてかまってやれなかった。妻は寂しかったんだと思います」

「奥さんの方から離婚を申し出られたんですか？」

「はい」

「好きな人ができて結婚したいから別れてほしいって？」

「そうです」

他人ごとでも小百合は憤りを覚えた。

こんな身勝手な話ってあるだろうか。

それなのに佐原は泰然としている。その口からは恨み言ひとつ出てこない。

「奥さんは佐原さんを裏切ったんですよ」

「まあ、そうですね」

佐原が冷静なので、小百合の憤りは増していった。

「その上、相手と結婚したいから別れてくれなんて、信じられません。佐原さんは奥さんを許せるんですか？」

佐原は微笑を浮かべ、穏やかに答えた。

「許すとか許さないとか。そんなふうには思いません。わたしは妻を幸せにできなかった。だから妻はほかに幸せを求めて、それを得た。打ち明けられた時はもちろんショックでした。でも彼女が幸せになるなら、私はそれでいいと思ったんです。だから身を退きました」

麻子はこれを聞いて佐原を称賛した。

「人格者ね。エンジニアの仕事もまだ現役。マンション持ってて、見た目も悪くないし、後は人柄だけだと思ってたんだけど、申し分ないわ。良かったね、小百合。こんな人なかなかいないわよ」

所は小百合のアパートの台所だった。

「でもホントかなあ…」麦茶が置かれたテーブルに小百合は頬杖をついた「本心だって信じられない。私だったらとってもそんなふうに思えないもん」

「人それぞれよ」

麻子はハンカチで額の汗を拭うと、冷えた麦茶を飲み干した。

「ねえ麻子、これって相手の幸せを願うってことだよね。妻を幸せにできなかった。だから妻が幸せになるならそれでいいと思って身を退いた。佐原さんはそれだけ奥さんを愛してたってことでしょう」

「そうだわね。佐原さんってきっと愛情深くて、心の広い人なんでしょうね」

「私は夫を愛してなかったのかなあ」

麻子は驚いたように小百合を見た。

「しっかりしてよ小百合。それとこれとは別でしょう」

「わかってるんだけど、離婚経験者だったら話が合うと思ってたのに、逆に色々考えさせられちゃって。佐原さんは出来すぎ君。私は未熟だなあとか…」

麻子は慈しみに満ちた眼で小百合を見つめ、優しく諭した。

「同じ経験をした者同士。とにかくお付き合いは始めようよ。一度話しただけじゃわからないでしょう」

「そうかもしれない。でもね、佐原さんは私にはリッパすぎちゃって」

コップの水滴を指でなぞりながら、小百合はつぶやいた。

「妻の裏切りが許せない。未だに傷が癒えなくて、思い出すとつらくなる。そう言う人の方が人間味があって私は好きだな」

小百合は寝転んで天井を見つめていた。

「佐原さんが気が進まないなら、断って次に行きましょう。残り時間が少ないんだから、ためらってるヒマはないのよ。大丈夫、小百合の相手はまだ行列してるから」

麻子は小百合をそう励ますと、帰っていった。

確かに、老後の不安は解消される。生活が保障され、ひとりぼっちの寂しさもなくなるかもしれない。

でも…。

エステに行ったり、話を相手と合わせたり、そんなことをしなければならないお見合いというものに、小百合は疲れを覚えていた。本心を言っているとは限らない、こちらを品定めしている相手に、頭を働かせて賢く向き合うなど、そもそも小百合にできるはずがないのである。

ボロは着てても心は錦。

そういう気持ちで生きてきたのに、今になって金襴緞子《きんらんどんす》の花嫁御寮。求められても、やっぱりムリ！

小百合はサンザシの会を退会しようと決心し、起き上がった。

ところが一週間後、小百合の身にとんでもないことが起こった。

いつものように職場に自転車で向かっている途上、対向車線をはみだしてきた車とぶつかったのである。

意識を失う直前、小百合は思った。

不安な老後とこれでおさらば。

やっと死ねる…。


病院のベッドで、痛みで小百合は目が覚めた。

三日間というもの意識がなく、生死の境をさまよっていたとのこと。助かったのは奇跡らしい。

鎖骨と肋骨を骨折していたが、二ヵ月の入院とリハビリで、後遺症もなく回復した。これも奇跡に匹敵すると、主治医から感心された。

運がよかったのだ。

しかも高額な賠償金と保険金が出た。これから平均年齢まで生きるとしても悠々と暮らしていける額である。

「一生懸命まっすぐに生きてきたから、ご褒美だね」

娘夫婦も麻子も喜んでくれた。

しかも、この想定外の出来事にはオマケがついていたのである。


小百合の病室は六人部屋であった。カーテンで仕切ってあるが隣の話し声はまる聞こえ。二列並んだベッドの小百合は窓側であった。

隣のベッドは浦辺という老婦人。胸を圧迫骨折して運ばれてきて、ギブスで固定されていた。娘が毎日来て付き添っていたが、ほかにも見舞い客の多い患者であった。

ある日、一人の男性の見舞い客が訪れた。

「おかげんはいかがですか?」

「おかげさまで、変わりないわ」

「今日はアップルパイをお持ちしました。浦辺さんの好物ですよね」

「嬉しいわ。イアンのアップルパイは私の元気の源なのよ」

「浦辺さんのお見舞いにと、シェフが特別に腕をふるいました」

「ありがとう。食べるのが楽しみ。鞠香さんによろしくね。ななちゃんは元気にしてるの？」

聞くとはなしに聞いているうちに、小百合はその見舞い客がイアンのマスターであると知った。

「早くよくなってイアンに行けるようになりたいわ。もう一ヵ月経つのよ。毎日退屈。寝てばかりいてホントによくなるのかしら」

「大丈夫。よくなりますよ。骨折は時間薬ですから」

「忍の一字ね。私みたいにじっとしているのがダメな性分の人間には、まるで拷問」

老婦人の愚痴をマスターは、時折口を挟んで励ましたり、労わったりしながら、辛抱強く聞いている。

そのやりとりを聞いているうちに、小百合の心に思いがけない感情が生まれてきた。

この人いいなあ。

温かくて、思いやりがあって。

それに声が、私の好み。

というワケで、小百合はマスターに恋をしてしまったのである。

麻子からマスターについて聞いていたことを小百合は思い出してみた。サンザシの会の代表の友人で、たしか施設で育った苦労人。人柄が良く、独り身なので、代表がサンザシの会に入会を勧めるのだが、独身主義を貫くからと、応じないとのこと。


マスターはたびたび浦辺の見舞いに訪れた。

そのたびに、小百合の想いは募っていった。

会いたい。

言葉を交わしたい。

何か話をしてみたい。

だがカーテンを開けて挨拶をするというワケにはいかない。ご存じの通り小百合は患者の身。スッピンでパジャマ姿なのだから。

しかしある日、事件は起こった。

リハビリを終えて病室に戻る廊下で、マスターと鉢合わせしてしまったのである。

小百合が思わず「マスター」と口走ったので、マスターは目を向けて小百合を見た。

絶体絶命。

小百合は観念して、サンザシの会員だったことを告げ、イアンでお見合いしたことがあると白状した。

「そういえば…」

マスターは小百合を思い出したようだった。

「あの時とはずいぶん違うでしょう。恥ずかしいです」

「そんなことないですよ、と言いたいけど、ホント別人」

「まあひどい！」

マスターの茶目っ気のある笑顔に、小百合は笑い出してしまった。

立ち話だったが、マスターと話せて小百合は嬉しかった。

マスターはユーモアのある楽しい人だった。


アパートの台所で小百合は麻子とお茶を飲んでいた。

「小百合のとこでは今まで麦茶しか出なかったのに、これって煎茶だよね」

「静岡の高級煎茶」

「生活が安定したから節約やめたの？」

「残念でした。お茶は頂き物。ケチケチ生活は相変わらず。性分なのね」

「小百合らしいわ」

麻子は笑ってそう言うと、お茶を美味しそうに飲み干した。

そんな麻子に小百合は改まった口調で告げた。

「今まで麻子にはたくさん心配かけました。たくさんお世話にもなりました。

本当にありがとう。心から感謝しています。だけどもう大丈夫。私、今とっても幸せなの」

「マスターと結婚するの？」

小百合は頬を赤らめた。

「そんなんじゃないの。そりゃあ時々会ってるけど、マスターは私を友だち扱い。でもいいの。私、マスターが本当に大好きだから。彼のことを想うだけで毎日が幸せなの」

麻子はにっこりと笑った。

「片想いこそ純粋な恋である。わかるよ小百合。エステ行かなくてもお肌つやつやだもん」

小百合と麻子、幼なじみのお喋りは続いた。

アパートの窓の外は青い空。

ベランダの洗濯物が風に揺れていた。

了

ロマンスアレルギー

「皆さん、今年も、モテない女がセーターを編みたがる不気味な季節がやってきました」

ラジオで話しているのは『やなかん』こと『八名勘治』。FM局の人気番組『落葉のひとりごと』の人気DJだった。

毎年夏が終わると、やなかんはこのフレーズで秋を始める。

理砂は編み物の手を止め、片眉を吊り上げた。

――モテない女ですって？

そう思うのもムリはなかった。

色白にカールしたまつげ。長いソバージュの髪。綺麗で、はかなくて、友人たちから人魚姫と呼ばれている理砂の辞書に「モテない」という言葉はない。

今編んでいるセーターはもちろん自分用である。いくら編み物が趣味とはいえ、セーターとなると時間と手間がかかるし、何より肩が凝る。これまであまたなる男性と付き合ってきた理砂だったが、マフラーがせいぜいで、手編みのセーターをプレゼントしたことは一度もなかった。そんなことに時間と労力を使うくらいなら、マニキュアの色を選んでいる方がマシなのである。

ラジオからはやなかかんのトークが続いていた。

「今夜のお便り紹介は、ピンクのヒアシンスさんから。やなかかんさん、こんばんは。私の悩みを聞いてください。私は三ヵ月前、旅先で知り合った彼に交際を申し込まれ、お付き合いを始めました。ずっと幸せでしたが、最近になって突然、彼から連絡がこなくなりました。電話をしても留守電。メールの返信もありません。病気にでもなったのでしょうか。毎日心配しています。私はどうしたらいいのでしょう？」

やなかかんはこともなげに答えた。

「ピンクのヒアシンスさん、お便りありがとう。彼のことは忘れて、前に進みましょう。彼はアナタから去ったのです。間違いありません。不実な男は切り捨てて、アナタの人生を楽しむのです」

「正解！」

理砂は声に出して断言した。

花の命は短いのである。

こんな男に使う時間はムダなのだ。


理砂の仕事は証券会社の窓口係。多くの客と接するので、人あしらいは手慣れたもの。しかも人魚姫の異名を持つ理砂である。言い寄られるのは日常茶飯事。撃退の仕方も心得ていた。

しかし、世の中には正反対の女性もいる。

「やなかんも言ってたでしょう。あいつのことは切り捨てて、前に進むのよ」

同僚の明奈。別名ピンクのヒアシンスは理砂の親友であった。

地味で内気で引っ込み思案。要領が悪く、人付き合いがヘタである。そんな明奈に恋人ができたのだから、理砂も応援していたのだが、この結末では、笑えない。

ところが明奈は、

「やなかんが言うような不実な人とは、どうしても思えないの。連絡がこないのには、きっと深い事情があるんだわ。私、彼を信じたいの」

今に至っても、まだこんなことを言っているのである。

理砂は冷ややかな眼で明奈を見、はっきりと忠告した。

「どんなに待ったって、その男から連絡がくることは、絶対に、二度とないわ。私が保証する。それにそもそもどんな事情があろうと、突然、一方的に音信不通なんて、ひどすぎる。それだけで十分不実な男なの。なんと言い訳しようと、明奈をこんなにつらくさせているのよ。私だったら、『この私をつらくさせている』っていうだけで、間違いなく相手を切るわね。そんな男、忘れなさい」

人間にはさまざまな種類がある。別の種類の者同士は決してわかりあえない、と理砂は常々から実感していた。

たとえばずっと以前の交際相手は、豪放磊落《らいらく》、頼もしくて、大らかな性格に惹かれた。

はずだったのに、いざ付き合ってみると、小さく、女々しく、情けない男であった。

見限って、別れを決心し、彼のマンションから去っていくタクシーの中で、理砂は彼と違う種類の人間であるとつくづく悟った。

私は翼を広げた鳥だったのに、彼はメダカだったのだ。

心の中で理砂は、彼に改めてこう別れを告げた。

メダカは小川で泳いでいなさい。

私は空を飛ぶから——と。

そういう意味では、親友とはいえ、明奈も違う種類の人間であった。純真とも言えるが、あのオメデタさには、ついていけない。

違う種類と言えば、と、理砂の脳裏に一人の人物が浮かんできた。

凧が丘接骨院の院長。

彼も理砂の理解を超えた人間の一人だった。

父親の治療院を引き継いで、若くして院長となったのだが、必要以外、患者と口をきかない。眼を合わせない。顔に表情を表さないのである。肩凝り性の理砂は、時々治療に通っているが、院長の笑った顔を見たことは一度もなかった。

自分と違う種類の人間。

明奈と院長。

思い浮べているうちに、ふとひらめいた。

この二人、意外と合うかも。

未だ連絡のこない彼を、明奈は一途に待っている。見ていて、理砂はイライラした。

そうだ。私が前に進ませてあげよう。

先ずは院長を叩き台にして。男なんて星の数ほどいるんだから。

というわけで、理砂は行動を開始したのである。

風が丘接骨院の屋上で、院長の岸本拓郎は寝転んで空を見ていた。

空は澄み、風が心地良い。

「今年の夏は暑かったなあ…」

と、拓郎は一人つぶやいた。

綿雲が形を変えながらゆったりと流れている。釜茹でのような日々から解放され、待ちに待っていた秋がやっと訪れたのである。

拓郎は久しぶりに幸せなひと時を味わっていた。昼休みに、食事を終えた後の休憩を、一人ここで過ごすのが、拓郎の日課だった。

拓郎は末っ子で、父親のいわゆる年寄っ子であった。上の四人はそろって女。そのせいで、小さい時の遊びはままごとや着せ替え人形。目元涼やかな美少年だった拓郎は、四人の姉から可愛い可愛いと甘やかされて育ち、大きくなった。

大学は東京の名門私大。長身イケメンなのでよくモテた。教室でも学食でも女学生たちの熱い視線を浴びる。行く先々でつきまとわれる。待ち伏せされる。誘われる。拓郎の方も、気に入った相手とはデートをし、交際を楽しんだ。

と、普通ならばやっかまれそうなこの事態が、拓郎には凶と出た。

ある日、全身の発疹とかゆみと呼吸困難で救急車で運ばれたのである。

アレルギーだった。

皮膚科で処方された薬を服用すると数日で発疹が消えたが、原因は不明。それから後もたびたび同じ症状に苦しめられるようになった。色々な科を受診した挙げ句に精神科に回され、どうやら女性がアレルゲンのアレルギーの一種のようだというところまではわかった。

以来、拓郎は女性を遠ざけるようになった。そばにいるだけで全身がかゆくなり、発疹が出るのである。

二年前、父親が亡くなったので接骨院を継いだ。四人の姉たちは結婚して家を出たので、拓郎は現在母親と二人暮らしである。

その母親から、「いつ結婚するの?」と、三十五を迎えた今年になって、迫られるようになっていた。

アレルギーのことは秘密にしてある。

「そのうちにね」

気のない返事に、母親はため息をつくばかりだった。

拓郎が問題を抱えていることなどつゆ知らず、理砂は着々と計画を練っていた。

先ず院長を合コンに誘う。そこで明奈と引き合わせ、デートするように計らう。うまくいけば後は成り行きしだい。ダメならほかの手を考えるか、脈なしと院長は却下する。

というので、治療に行った際、さっそく受付に伝えた。

「今日は院長先生に治療をお願いします」

院長を含めて四人いる治療師の患者の担当は決まっていない。普通は受付の順にあてられるのだが、希望すれば応じてもらえた。

「院長は今たてこんでいて、時間がかかりますが…」

「待ちます」

一時間待って、名前を呼ばれて入っていくと、院長の姿はなく、女性の治療師が理砂を迎えた。

「院長先生は？」

「急病で帰りました」

こともなげに告げられ、理砂はあっけにとられた。

「何の病気ですか？」

「さあ…」

「一時間も待ったのに。私、院長先生に用事があるんです」

院長目当てで治療に通ってくる患者は山といるのである。理砂もその中の一人だとカン違いされているのだが、当の理砂はまったく気づいていなかった。

「受付にことづけていかれたらどうでしょう。みなさんそうされてますよ」

にっこり笑ってあしらわれたのを、そうと知らない理砂はまともに受けた。

治療が終わった後、院長にメモを書いて受付に渡した。名前と電話番号とメールアドレス。大切な話があるので連絡を下さい——と。

もちろん、三日経っても連絡はこなかった。病院に電話して院長を呼び出したが、相手が理砂だとわかると、切られた。病院の帰りを待ち伏せしようとしたら、逃げられた。

だんだん理砂は腹が立ってきた。

この私がアプローチしているのにこの態度。院長って眼が悪いんじゃないの！男はみんな自分に振り向くと思い込んでいた理砂には、受け入れがたい院長の態度であった。

今にみてなさい。

理砂は俄然闘志を燃やした。

親友を救うこのプロジェクト。院長の行動を逐一調べ上げ、どこへでも乗り込んでいって、絶対成功させてやるんだから。

しかしその日、理砂が接骨院の屋上に行ったのは偶然だった。

拓郎はいつものように寝そべって空を見ていたのだが、理砂を見ると飛び起きた。

「何だキミは、何なんだ！　こんなところまでボクを追ってきたのか！」

院長の姿に理砂は驚いたが、その言葉にはムッときた。

「追ってなんかいないわ！」

「じゃあどうしてここに来たんだ！」

「空が綺麗だから、もっと近くで見たいと思ったのよ」

「空？」

「そうよ、空よ。秋の澄んだ、綺麗な空よ」

まるで予期していなかったので、不意をつかれた理砂の言葉は本心だった。

険しかった院長の表情が少しやわらいだ。

立ち上がった拓郎は、礼儀正しく侵入者に告げた。

「ここは立ち入り禁止です。立て札が見えませんでしたか」

「だから誰もいないと思ったのに…」

理砂は急いで自分を立て直すと、逆に拓郎を問い詰めた。

「アナタこそここで何をしてるのよ。立ち入り禁止場所は院長だと特別待遇なの?」

「空を…」

拓郎は向き直って手すりをつかむと、天を見上げた。

「空を見てたんだ」

「空を?」

「そうだ、空だ。秋の澄んだ、綺麗な空だ」

思ったままを口にしてみると、相手と同じ言葉だったので、拓郎は苦笑してしまった。

「じゃあ、一緒に空を見ましょう」

理砂が近づいてきたので、拓郎は手すりづたいに急いで遠ざかった。

「どうして逃げるの?」

「逃げてるんじゃない。離れてるんだ」

「…ハ？」

「離れていても一緒に空は見える」

「そうだけど…」

変な人。

理砂は可笑しかったが、たしかに、離れていても一緒に空は見える。

二人は黙ってしばらく空を見ていた。

風が丘治療院は高台に建てられている。屋上から眺める空は遮るものが何もなく、瑠璃色の海のようにどこまでも広がっていた。

理砂は手すりにつかまったまま深呼吸すると、院長に振り向いて言った。

「あなたにコンタクトとろうと思ってたから、ちょうどいいわ。今度、合コンを開くの…」

「断る」

「まだ何も言ってないわよ」

「その手の話に興味はないんだ」

理砂は無視して続けた。

「友だちが、連絡のとれなくなった恋人を忘れられなくて、つらい毎日を送ってるの。見てられなくて…」

明奈の恋物語を理砂は切々と語った。

「不実な男を切り捨てて、明奈に前に進んでほしいの。だから何とか…」

「それでボクを叩き台にして、星の数ほど男はいるってことを、彼女にわからせようともくろんだ。そういうことだろ。キミみたいなヒトが思いつきそうなことだ。男を将棋の駒みたいに扱って。相手の気持ちなんかおかまいなし」

「なによ、なんなのよ」

思いがけない言葉に、理砂はいきり立った。

「なんでそんなことアナタに言われなくちゃなんないのよ」

「誰も教えてやらないからさ。ちょっとした親切心ってとこ」

拓郎は冷ややかに答えた。

「人魚姫って言われてるんだろ。誰かから聞いたことあるよ。お姫さまを気取って、キミにもてあそばれたアマタの男たち。この街にどのくらいいるのかな」

　理砂の怒りはマックスに達した。

「アナタに言われたくないわ。アナタだって、アナタだって、昔は遊び人だったんでしょう。相当モテたって、私も誰かから聞いたことがあるわ。それが何、今じゃ人の顔もまともに見ない。口も聞かない。眼も合わさない。ただの変人じゃない」

「言ってくれるね。昔は昔。今は今。変人でけっこう」

「私はちっともけっこうじゃないわ」

　こんな侮辱を受けたのは初めてだった。

　口惜しくて、腹立たしくて、気持ちの持って行き場が見つからない。こんな変人に説明するいわれはないとわかっていたが、もう理砂は黙っていられなかった。

「人魚姫は周りが勝手につけたあだ名よ。好きで綺麗に生れついたんじゃないわ。おかげで同性からは妬《ねた》まれる。蔑《さげす》まれ、嫌われる。火もなく煙も出ていないのに、男とのあらぬ噂をたてられる。今までどんなにイヤな思いをしてきたことか…」

理砂の目からは涙が流れていた。

「たしかに…たしかに、色んな人と付き合ってきたけど、私は相手をもてあそんだりしたことなんて一度もないわ。いつだって真剣だった。続かないのは、これぞという人にまだ出会ってないからよ。一生を託す相手は、一緒に空を飛べる人でなくちゃいけないのに、そんな人はなかなかいないの。私はね、恋愛を楽しんでるんじゃないの。真剣に、お互いをあるがままで受け入れ、心から愛し合える、結婚相手を探してるのよ」

「タイムオーバー！」

拓郎は時計に目をやると、猛ダッシュで出口に向かって走り出した。午後の診察時間がとっくに始まっていた。

「わかった、了解！　悪かった！」

大声でそう言い残すと、階段に消えていった。

数日後——。

理砂は部屋で鏡に向かって長い髪を梳かしていた。

「何が『了解』よ。何が『悪かった』よ。私一人喋らせておいて、自分は何で変人になったのか、どうして話さないのよ」

ブラシを使いながら独り言を言っているのだが、心ここにあらずで、自分ではそれを自覚していなかった。頭の中は拓郎のことでいっぱいだったからである。

たしかに、理砂はあの時、拓郎の心ない言葉に大いに傷ついた。

しかし、だからといって、自分の心の内側まで、ああも赤裸々に伝えることはなかったのだ。しかも涙までながして——。

「恥ずかしくて、もう治療院には行けない…」

鏡に向かって理砂はつぶやいていた。

同じ頃——。

拓郎も悩みの中にいた。

どこにいても何をしていても、気がつけば理砂のことを考えている。理砂が涙を流しながら語ったアノ場面が、繰り返し繰り返し、よみがえってくるのである。

外見で判断されるのが、どれほど不本意で苦痛であることか。

それは拓郎自身がこれまで、イヤになるほど体験済みのハズだった。

それなのに…。

ヒドイことを言ってしまった。

拓郎は心から反省し、悔やんでいた。

きちんとあやまりたいと思ったが、このところ理砂は治療院に姿を見せない。

一緒に空を飛べる人、か——。

自室のベッドに寝そべって、天井を見つめていると、理砂の言葉が思い出されてきた。

その言葉は拓郎には印象的だった。なぜなら、治療院の屋上で、空を眺めながらよく考えるのは、翼を広げて空を飛びたい、ということだったから。

悶々とした日々を過ごした挙げ句、拓郎は一大決心をした。

ナイアガラの滝に飛び込む覚悟で、理砂に手紙を書いたのである。


手紙の中で拓郎は、先ず屋上での非礼を詫び、次に自分がアレルギー疾患を持っていることを告白した。

「ご存じと思いますが、アレルギーとは、ある特定の物質や条件などに対して、過敏で異常な反応を示すことです。僕の場合は女性に近づくと、発疹、かゆみ、呼吸困難などの症状が表れます。長年投薬を続けており、薬なしでは日常に支障をきたし、仕事をするのも不可能な有様です。

アレルギーは自己免疫疾患であり、体内に侵入する異物を攻撃し、排除する防御機能である免疫システムが壊れてしまった病気です。たとえば花粉症なども、本来は無害である花粉を、壊れた免疫システムが異物とみなして攻撃してしまう。その結果として、さまざまな不快な症状を身体に引き起こす、と考えられています。

対策のひとつとして、アレルギーの原因であるアレルゲンを投与して、身体に「これは異物ではない」と認識させ、ゆっくりと時間をかけて慣れさせ、アレルギーをやわらげていく、という方法があります。

僕はこれまで、この方法を試したことはありません。リスクが大きすぎて試す気になれなかったし、またそういう女性もいなかったからです。でも今は、この方法に賭けてみようと思っています。そう思える女性にやっと巡り逢ったのです。

貴女は真剣に結婚相手を探していると言われましたね。だから僕と交際してください。唐突と思われるでしょうが、僕も真剣です。こんな書き方をすると、病気を治したいからそう言っていると思われても仕方ありませんが、大局的に言えば、もちろんそれだけではありません。

僕はもうすぐ三十五歳になります。この病気のために、結婚は難しいと思ってはいましたが、あきらめていたわけではありませんでした。

お互いをあるがままで受け入れ、心から愛し合える人。貴女が言った結婚相手への条件は、僕も同じです。交際してみなければわからないので、無責任なことは言えませんが、今確かに言えることは、「貴女と一緒に空を飛びたい」この思いは本当です。

とりあえずは友だちの明奈さんのこと。どうすれば彼女の助けになるのかを、よかったら一緒に考えましょう。僕としては、彼女の問題なので、時が解決してくれると信じて、暖かく見守るのがベストかと思っています」


二日後、理砂は手紙を受け取った。

それは雨の降る肌寒い夜だった。

キッチンに行って熱い紅茶を煎れた。それに角砂糖とウイスキーを少し入れ、カップを持って部屋に戻り、手紙を開いた。

読み終わると、理砂はもう一度初めから読み直した。それからまた時間をかけてもう一度。

カップを口にすると、紅茶はさめていた。

雨音が部屋を満たしている。

ラジオのスイッチを入れると、やなかんの声が聞こえてきた。

「みなさん、こんばんは。落葉のひとりごとの時間です。ピンクのヒアシンスさんから、またお便りをいただきました」

理砂はラジオのボリュームを上げた。

「やなかんさん、彼から連絡がきました。きっとくるって信じてました。待っててよかった…」

理砂の目に涙がこみあげてきた。

雨が窓ガラスを濡らしている。

ラジオからハービー・ハンコックの『処女航海』が流れてきた。

了

昏《くら》い渚

還暦という言葉は、それまでのわたしにとって、どこか他人ごとだった。それなのに、墨色の雲が重く垂れ込んだ五月闇のある日、その時を迎えてしまった。昼間なのに外灯が点った海岸通りをマンションの窓から見つめながら、わたしは何かを待っていたのかもしれない。

何かを…。しかし、何を待っていたのだろう?

硝子窓に映った、醒めた眼をした初老の男。

それがわたしの姿である。

昨日と同じ日常が繰り返され、同じ明日を迎える。

目覚めると、わたしは独り。

波の音が聞こえる。

寄せては返す響き。渚に砕け散り、沖へと戻っていく、永遠のリズム――。

わたしはふたたび目を閉じて、その調べに耳を澄ます。すると、心の中を浮游している澱のような塊が、底へ底へと沈殿していく。

二年前の秋、東京を離れ、落葉の美しいこの街に越してきた。住まいをこのマンションに決めたのは、海に近かったからだった。書くことを生業としているわたしは、仕事に疲れると、部屋を出て、浜辺を歩いた。

ある日の夕刻、わたしはいつもの浜辺に向かっていた。

そこは外海に面して延々と続く海岸線の一角で、砂浜の行き止まりが岩場となっていた。そこから一キロほど先に行くと海水浴場があり、その周辺には水族館やプール、花火大会や盆踊りなどが行なわれる広場がある。毎年夏になるとその一帯は、海の家や屋台や出店で賑わった。

けれどこのあたりは遊泳禁止区域で、歩道も整備されておらず、唯一人の手が加えられているものといえば、砂浜に下りていくところに設置されている木製の雛壇の階段だけであった。そのせいか、人の姿はないか、あってもまばらで、だからこそここは、わたしのお気に入りの浜だった。プライベートビーチのような気分で歩き回れたからである。

梅雨明けが間近な浜辺には、ある種の華やかさが漂っている。それは贈り物の包み紙を開く時の期待感にも似ていた。夏を予感した風や砂が、微笑しているのだ。わたしはそれを直に感じたくなり、上着を脱いで、裸足になった。

砂地にヒルガオが咲き乱れている。湿った砂の感触が心地よかった。波打ち際を思う存分歩き回ったわたしは、やがて階段へと戻っていった。そこに上着とサンダルを置いていたからである。

しかし階段に辿り着いたわたしは、おやっと目を凝らした。上着の上に重しにして乗せていたサンダルが、片方しかない。

薄暗がりの浜辺を見回していると、一匹の犬が近寄ってくるのが見えた。くわえているのはわたしのサンダルのようである。

「犯人はおまえか」

わたしがしゃがみこんで身体をさすってやると、犬はサンダルを口から放し、しきりに尾を振った。

「小太郎」

声がして、犬と一緒にわたしが振り向くと、リードを持った飼い主らしき女性が向こうから小走りでやってきた。髪の長い、ほっそりとした姿。

「すみません。誰もいないと思ったので、リードを外して散歩させてたんです。あの……何か、ご迷惑でも……」

サンダルを持ってわたしは立ち上がった。

「いえ、特には……」

「そのサンダル。もしかしたら小太郎が？」

相手の質問にわたしは微笑でこたえた。

「わたしに届けてくれたようです」

「まあ……」彼女は驚いたように目を見開くと、申し訳なさそうに頭を下げて言った。

「すみません。躾がなってなくて…」

薄暗がりのせいもあって、彼女の歳は定かではなかった。

若くはない。けれどわたしほど歳をとってもいない。

「かまいませんよ。噛まれてぼろぼろにされたってわけじゃないし。小太郎っていうんですか」

「はい」

「いい名ですね。凛々しくて」

「ありがとうございます」

「柴犬ですか」

「そうです。あの……犬がお好きなんですか?」

「子供の頃、柴犬を飼っていました」

彼女とわたしはとりとめなく話し続けた。それは長い間、必要以外は人を避け、友人も話相手も持たずに過ごしてきたわたしとしては、めずらしいことであった。

無防備にわたしに尾を振る小太郎が可愛かったのか。あるいは、もしかしたらわたしは、人恋しかったのだろうか?

夕日影が波の上に映り、海が碧い夜空のように煌めいていた。辺りには、岩場に咲いたトベラの匂いがたちこめていた。クモハゼが色を変えて眠りに就いた磯では、蟹や海老やヤドカリが活発に動きだしている。イソギンチャクやマナマコが餌をとるための触手を広げている。巻貝が岩を削って藻を食べる音が聞こえてくる。

夜の浜辺の饗宴が始まっていた。

小太郎を連れた彼女と、その後わたしは浜辺で時おり出会うようになった。挨拶を交わし、じゃれついてくる小太郎の頭をしゃがんで撫でてやる。天気がどうのとか、たわいのない立ち話をする。

そんな日々が始まった。

わたしは最初この出会いを警戒していた。近所の住人と煩わしい人間関係になるのを恐れたのである。

けれどそれは杞憂に終わった。住まいがどこかとか、家族が何人だとか、立ち入ったことをわたしは何も尋ねなかったが、彼女もそれは同じだった。彼女とわたしはいつまでたっても「散歩の時に浜辺で偶然出会う人」のままだった。わたしは彼女の名前さえ知らなかった。

だからといってわたしたちは、空疎な会話をしていた、というのではない。むしろその反対だった。彼女は心に深刻な問題を抱えていた。ある時からそれをわたしに語り始めたのである。

それはたとえるなら、ひとり旅の汽車の中で、偶然隣り合わせただけの人間に、打ち明け話をするのに似ているのかもしれない。大空と海と潮騒と風が、非日常の空間に彼女をいざない、心の中の凍りついた「何か」を、あぶり出したのだろう。月日とともに増し続けた心の苦しみが、わたしと出会ったちょうどその頃に、おそらく満潮を迎えたのである。

始まりは夏の終わりだった。彼女からその言葉を聞いたのは、黄昏月が西の空にかかった夕暮時だった。砂地に群生したハマユウが、真夜中の満開に向かって白い芳香のある花を開き始めていた。

「何か信じているものってあります？」

唐突だったので、わたしは返答に詰まった。

「さあ……。あなたはあるんですか？」

浜辺には汐の薫りがする風が吹き渡っていた。彼女が乱れた髪を耳にかけると、暗がりに白い横顔が浮かび上がった。

彼女は暗い海を見つめていった。

「長い長い、何十年もの間、信じ続けてきたことがありました」

ゆっくりとそう言うと、遠い記憶を探ってでもいるように、しばらく黙っていた。

やがて目を伏せた彼女が、言った。

「でもそれが、突然に、信じられなくなったんです」

「突然に？」

「そうです。まるでリバーシブルの服を引っ繰り返したみたいに。すべてが入れ替わってしまったんです。こんなことって、あるんですね。自分がそうと望んだわけではないのに、自分の心っていうか、価値観が変わってしまうなんてこと。命のように大切にしていたものを、失ってしまうなんてことが……」

心の中の何かが軋《きし》んだようだった。顔が痛みに歪められていく。わたしは彼女が泣き出すのではないかと身構えた。しかし、次の瞬間、意外にも彼女は、きっぱりと笑顔をつくると、わたしを見た。

「抽象的で、すみません。何のことをいってるのか、おわかりになりませんよね」

波打ち際を走り回っていた小太郎が、息を切らして戻ってきた。わたしと彼女はしゃがみこんで小太郎の頭や背を撫でてやった。

彼女が小太郎にリードをつけて立ち上がったので、わたしも一緒に立ち上がった。暗い砂浜を小太郎を連れて彼女とわたしは歩き始めた。

「私が失ったものって、愛なんです。夫への愛。私、離婚したんです」

わたしはなんと応えていいのかわからず、ただ彼女の横顔を見つめていた。

「ずっと信じていました…世界中の人が、残らず夫の敵になっても、私は…私だけは、彼の味方だって…。どんな彼も受け入れる。自信があったんです。生涯この人を愛するんだって、私…何の疑問も持たず、幸せでした。それなのに…」

わたしは立ち止まった。

「何があったんです？」

わたしたちはいつのまにか階段に辿り着いていた。彼女と小太郎はいつもそこからやってきて、またそこから帰っていくのである。

彼女はわたしの問いに答えず、ひっそりとつぶやいた。

「また話を聞いていただけますか？」

わたしが頷くと、「失礼します」といって、小太郎を連れて階段を上っていった。

青紫の空を背景に、遠ざかっていく彼女と小太郎の姿は、月に還っていく人のようだった。

長雨が続いたので、数日散歩に出られなかった。

わたしは窓の前にたち、雨にけむった海岸通りを見つめながら、彼女のことを考えていた。

何十年も信じつづけてきた、といっていた。命のように大切にしていたもの

──夫への愛──を失ってしまった、と。

わたしにそんなものがあっただろうか?

わたしは思いを廻らせた。

昔…そう、あの頃は、それがあったのかもしれない。

妻や子供たちとの生活。家族との平凡な生活が、ずっと続くと信じていた。信じるという以前に、うたがわなかった。家に帰ると、妻がいて、子供たちがいる。それが普通で、当たり前のことだった。

それなのに、ある日──。

「離婚して下さい」

突然、わたしは妻から切り出されたのだ。

「好きな人がいるんです」

あの時に受けた衝撃…。

わたしは窓の外を見続け、海岸通りを水しぶきをかけながら走る車の姿を目で追った。

わたしはこの窓から見える景色が好きだった。ここの暮らしに満足していた。執筆に勤しみ、散歩を楽しむ。何も求めず、期待せず、淡々とした心で送る日常——。

でもそれは真実だろうか?

もしかしたらわたしは、あまりの打撃の大きさに、未だショックから抜け出せずにいるのかもしれない。あまりの痛手の深さに、ありのままの心の現実を、見失っているのかもしれない。麻酔で手術の痛みをごまかすように、メスで切られた傷の痛みを、自覚できないでいるのかもしれない。

麻酔が切れたら、どうなるのだろう?

わたしも彼女のように渚に立ち、通りすがりの人間に打ち明け話をしたくなるのだろうか?

海岸通りの外灯に明かりが点り始めた。

わたしは苦笑いをして、窓のカーテンを閉めた。


長雨の後の浜辺には、秋の気配が訪れていた。

夏の間、黄色の花をつけていたハマボウも、青紫に花開いていたハマゴウも、緑の葉を残すだけと変わり、岸辺の草地からは虫の音が聞こえている。波打ち際では、長くて真っすぐな嘴でユスリカを啄ばんでいるイソシギの姿が見かけられるようになった。鱗雲の光る空は青く高く、澄んでいた。

夏が去ると、水着やビーチボールの似合わなくなった浜辺は華やぎを失っていく。麦藁帽子は色褪せ、砂の城は崩され、赤や緑のパラソルはたたまれる。

けれどこの浜辺には、彩られた彫像のように渚に立つ彼女がいた。

その年の夏の終わりから晩秋にかけて、わたしと彼女は浜辺を歩きながら、あるいは立ち止まって海を見つめて、時にはともに階段に座り込んで、語り合ったものだった。

とはいえ、小太郎の散歩時間が限られていたので、出会うタイミングによっては、挨拶だけで別れることもあり、いつも長話ができるというわけではなかった。それでも、二人が語り合った時を繋ぎ合わせると、おそらく、日の出から日の入りほどの時間にはなっていたはずである。

彼女からそれを聞いたのは、夕暮時で、わたしと彼女は浜辺の雛壇に並んで腰かけていた。

二度に渡る流産。

夫の不貞。愛人の妊娠発覚。

彼女は表情のない顔で淡々と語っていた。

辺りに人の姿はなかった。

海は夕明かりに照らされ、渚では白波が穏やかに打ち寄せていた。リードを外してもらった小太郎が、砂浜を踊るように走り回っている。

ハチジョウススキの穂が風に揺れ、ハママツナが色づき始めた葉をモミジのように茂らせていた。彼女は両手を祈るように堅く胸に組むと、「むなしくて……」と、かすれた声でいって、目を閉じた。

「思い返してみると、おかしいことだらけなのに。私…ぜんぜん気づかなくて。世間知らずというか、おめでたいというか…私、本当に…馬鹿みたい…」

彼女の足元の階段には、浸食した木の割れ目からイワダレソウが花茎を伸ばしていた。彼女はうつむいて、それをじっと見ている。

「相手を信じているから、うたがわなかった」わたしは青紫の空を見上げて言った。「世間知らずでも、おめでたいのでもありません。彼はあなたにふさわしい人ではなかった。そういうことです」

彼女はわたしの横顔をじっと見ていたが、「ありがとうございます」と言うと、はらはらと涙をこぼした。

わたしたちは立ち上がって、小太郎のいる波打ち際まで歩いていった。西の空に宵の明星が光っていた。

「母の死後、父はすっかり弱気になってしまって…。体の調子が悪いせいもあって、いつも私にそばにいてもらいたがるんです。小太郎と散歩をしている時だけが、私の唯一の息抜きの時間です。ここにきて、こうして空や海を見たり、風に吹かれていると、いろんな悩みも煩いも、小さなことに思えてきて、ほっとするんです」

陽が落ちた浜辺をわたしたちは歩いていた。

足元にはたくさんの貝が打ち上げられていた。キサゴ、ツメタガイ、サクラガイ、ツノガイ。残照に照らされた貝殻は、万華鏡の底にちりばめられた色紙のように茜色に輝いている。

彼女は「綺麗…」とつぶやくと、しゃがんで貝を拾い始めた。

「自然には浄化の力がありますからね。わたしもそうです。ここにくるとほっとする」

わたしの言葉に、彼女は貝殻を掌にのせたまま、不審気に振り向いた。

「悩みとかが、おありなんですか？」

「人並みには」

「そんなふうには、ぜんぜん見えません。何か、超越してるって感じで……」

わたしは笑って小太郎を引き寄せると、その頭を撫でて言った。

「歳をとったので、ごまかすのがうまくなったんでしょう」

彼女が何か尋ねたそうにしていたので、わたしは「風が強くなってきましたね」といって話題をかえた。

わたしと彼女の仲は、彼女の打ち明け話を聞いたという点では、たしかに親密になった。が、その距離感は、出会った頃とさして変わりなかった。それはわたしが立ち入った質問をされることを避けており、それを彼女がそうと察していたからだった。わたしたちはいつまでたっても、浜辺で偶然出会う人のままだった。

一度、彼女が不思議そうにつぶやいたことがある。

「私たちって、お互い、名前も知らないんですね」

わたしは無頓着を装って答えた。

「知らないままでいいじゃありませんか。何の不都合もありません」

「そうですね」

彼女は寂しそうに頷いた。


秋が終わり、木枯らしの季節を迎えた。浜辺に吹き荒ぶ風は冷たく、散歩に向かうわたしの足も滞りがちだった。この間、わたしは一度も浜辺で彼女と出会わなかった。

どうしたのだろう？

風邪でもひいたのだろうか？

気がつくと、わたしは彼女のことを考えていた。

やがて年の瀬を迎えた。が、ついに彼女の姿を見かけることなく、その年は終わってしまった。

父親が入院でもしたのだろうか？　重い病気なのだろうか？　もしかしたら

亡くなったのかもしれない。そうであるなら彼女は、心機一転、実家を処分して引っ越したのかもしれない。

あれこれと考えた挙げ句、その可能性が一番大きいとわたしには思われた。もともと名前も知らない相手だったのだ。彼女の行方がわからないのは仕方のないことなのだ。

わたしは自分にそう言い聞かせ、彼女を忘れようと努めた。


二月に仕事の取材で海外へ行き、十日ほど留守をした。帰ってくると、留め置きをしていた新聞の束が玄関に置かれていた。

部屋に入って、荷物を片付け、シャワーを浴びてローブをまとう。ウイスキーを片手にソファーで新聞を拾い読みしていると、ある記事が目に入った。

一週間前に起こった交通事故の記事だった。現場がこの付近だったので目に止まったのである。読んでいるうちに、犬を連れた被害者の女性というのが彼女ではないかと疑いをもった。年頃が合うし、事故が起きたのが小太郎の散歩の時間帯であった。

わたしは新聞社に電話をかけて、死亡した被害者が連れていたという犬の種類と名前を調べてもらった。

返事の電話を待っている間、不安感が増してきて、ウイスキーをロックで飲み続けた。二十分後に新聞社からの電話が鳴った時、わたしは二杯目のグラスを手にしていた。

「被害者が連れていたのは、その女性の飼い犬で、種類はポメラニアン。名前はロンです」

受話器から聞こえてきた言葉に、わたしは安堵し、グラスをゆっくりとテーブルに置いた。

桜の季節を迎え、まもなく春が終わった。やがて梅雨入りとなり、紫陽花の時期が訪れた。

浜辺にヒルガオが咲き乱れ、岩場に咲いたトベラの匂いがたちこめている。

彼女と出会った季節がふたたび廻ってきた。

そのせいだろうか。わたしは夕暮の浜辺で、たびたび彼女の幻影を見た。

渚に立つほっそりとしたシルエット。

風にゆれる長い髪。白い横顔。

近づくと、それは儚《はかな》く消え、そこに彼女はいないのだ。


ある夕、梅雨明け間近な浜辺を、わたしは裸足で歩き回っていた。歩き疲れて階段に戻る。胸の鼓動がコトリと鳴った。上着に乗せたサンダルが片方しかないのだ。

急いで辺りに目をやると、渚に彼女の姿が見えた。小太郎がわたしを見つけて尾を振っている。

「引っ越されたのかと…」

近づいてきた彼女に、ようやくわたしはそれだけ言った。

夢を見ているようだった。

「あなたに逢うのがつらくなったので、散歩コースを変えたんです」

不思議な言葉だった。わたしはひどく戸惑った顔をしていたに違いない。

「でももとのコースに戻しました。逢えない方がつらいので…」

はにかんだ彼女の笑顔を見ているうちに、心の底に沈殿していた塊が溶けていくのがわかった。

自覚されなかった痛みが浮き出し、霧散していく。

傷が閉じられていく。

傷痕が消えていく。

まるで魔法のように――。


昏い渚に月光が射した。

活発に動き出した蟹や海老やヤドカリ。触手を広げたイソギンチャクやマナマコ。岩を削って藻を食べる巻貝の音。たちこめるトベラの薫り。風にゆれるヒルガオ。

夜の浜辺の饗宴が始まっていた。

了

待合室

人は長い人生の中で、一度や二度は「死にたい」と思うことがある。

淳也は見返り橋の上から川面を見つめていた。

風が少年の面影が残る頬を撫でている。夕日も優しく彼の後ろ姿を照らしている。だがそれらすべては、淳也にとってどうでもよいことであった。

それほど彼は人生に行き詰まっていたのである。

「君、どうかしたのかい？」

声の方に振り向くと、ダンディな紳士が立っていた。

淳也の思い詰めた様子に何かを感じたのだろう。

「よかったらいっぱい付き合ってくれないかな。この先にいい店があるんだ」

通りすがりのこの男性は、行きつけらしき居酒屋で淳也とビールを酌み交わし、話を聞いてくれた。

淳也は正直に心の悩みを打ち明けた。

「なぜ生まれてきたのかわからないんです。いかに生きるべきか。それもわかりません」

男性は鷹揚に笑い、淳也にビールをついだ。

「君のような年頃には誰でも思うことだよ」

「正しく生きたいと思うのですが、方法がわかりません。そもそも何が正しくて生きるに値することなのか、それがわかりません。それどころか、自分が正しいことができるのか、そういう生き方を全うできるのか、わからないんです。すべてが混沌としています。まるで色のない水の中を歩いているようです。身体が重くて、前に進むのに抵抗を覚えるんです」

「素晴らしい。こういうことで悩むのは若者の特権だ」

「もう、疲れてしまって…。さっきも川を見つめながら飛び込もうかと考えてました」

「答えがわからない。だから生きることを放棄するというのでは駄目だよ」

男性はビールを飲み干すと、優しい口調で諭した。

「わからなければ、わかるまで待てばいい。生きることに疲れたなら、休めばいい。もっと気楽に考えるんだよ。君はおそらくとてもマジメな人なんだと思う。そんな人はなかなか気楽になれないかもしれないが、なにしろ命がかかってるんだからね。得意のマジメを生かして、一生懸命気楽になるよう頑張りなさい。そうすればきっと何かが変わってくる」

「気楽…ですか」

「そう。気を楽に持つこと。何事もキチキチ思わないで、思い詰めないで、いいかげんにすること。人生はいわば長距離マラソンだ。最初からスピードを上げてるともたなくなってくる。余裕がないと長距離は走れないだろ。だから焦らないで」

男性の言葉を聞いていて、淳也はもっともだと思った。

「ありがとうございます。なんだか気が楽になりました」

男性はにっこりと笑った。

「君は若いんだ。希望を失ってはいけない。人生はこれからなんだから」

男性は西園寺と名乗り、会社の名刺をくれた。彼はこの街でも有名なベンチャー企業、西園寺グループの代表であった。

数日後、淳也が見返り橋を歩いていると、西園寺の姿が見えた。

淳也が声をかけようとしたその時、思いがけないことが起こった。西園寺が突然倒れたのである。

淳也は驚いて駆け寄っていった。

「西園寺さん、しっかりして下さい！」

何度呼んでも応えがない。通りすがりの人たちが立ち止まってこちらを見ている。

淳也はあわてて救急車を呼んだ。

救急車はサイレンの音を響かせて走っている。

行く先はソレイユ総合病院。

淳也も付き添って救急車に乗り込んでいた。

病院に着くと、待機していた看護士たちがテキパキと西園寺を処置室に運んでいった。

廊下で待っていると、聴診器をぶらさげた医師が出てきて淳也に告げた。

「全力を尽くしますが、きびしい情況です。ご家族に連絡をなさって下さい」

淳也は西園寺の名刺を取り出し、会社に電話をした。

しばらくすると彼の部下だという小柄な男が西園寺の妻を伴って現われた。

「救急車を呼んで下さったそうで、お世話になりました」

部下が淳也にお礼を言うと、西園寺夫人も、

「ありがとうございました」

と頭を下げた。

部下の名前は松宮といった。西園寺と同世代らしき歳であった。

淳也は松宮と夫人に医者からの言葉を伝え、きびしい情況だと告げた。

「今手術中ですが、情況によって時間はどのくらいかかるかわからないそうで

す」

夫人は最初気丈に聞いていたが、話が終わると椅子に座り込み、泣き出してしまった。

「もう若くないので、身体には気をつけてって言ってたのに。主人に何かあったら、私…どうすればいいのか…」

二人の間には子どもがなく、夫だけが夫人には頼りであった。

「大切にしてもらって、幸せでした。私だけを愛してくれる、誠実な夫でした。いつも気にかけてくれたのに…。もっと一緒にいられると思ったのに…」

涙ながらに話す夫人を淳也は励ました。

「行きずりのぼくに親切に声をかけて下さって。本当に優しい、思いやりのある方です。希望を失ってはいけないと、ぼくに語って下さいました。だから奥さんも信じて下さい。ご主人は絶対に助かるって」

死んではいけない。

淳也は心からそう思っていた。

あなただけを頼りにしている奥さんを残して、死んではいけない。

誠実なあなたの人生を、もっともっと生きて下さい。

あなたは価値のある立派な人なのだから。


淳也は松宮と西園寺夫人とともに手術室向かいの待合室で手術が終わるのを待っていた。

行き掛かり上、帰りづらかったというのもあるが、居残った一番の理由は、西園寺が助かるかどうか気がかりだったからである。

待合室は長椅子がコの字型に並べられた十畳ほどの広さの部屋だった。リノリウムの床に白い壁紙。本棚の上の置き時計が音をたてて時を刻んでいる。

三人は話をしながら待っていた。

淳也は数日前の西園寺との出会いを話した。

「…こういうワケで、西園寺さんはぼくの命の恩人なんです」

「社長らしいですね」

松宮が顔をほころばせている。

「主人は人が困っているのを見過ごせないタチですの」

夫人の顔は誇らしげだった。

ドアが開く音がして、三人がそちらに顔を向けると、若い女が入ってきた。

濃い化粧に身体の線のあらわな服。

すると、無言で立ち上がった松宮が、急いで女を外に連れ出した。そのあわてぶりに淳也と夫人は顔を見合わせた。

淳也が、「どなたですか?」と尋ねると、夫人は「さあ…」と、首をかしげた。

「会社の人には見えないわね…」

と、夫人が訝しげにしているので、淳也は、

「様子をみてきます」

と立ち上がった。

廊下に出ると、松宮と女がモメていた。

「危篤だから駆けつけたのに」

「奥さんがおられるんですよ」

声を押さえていたが、松宮は必死の形相だった。

「私は平気」

「やめて下さい。場所柄をわきまえて」

「何よそれ！」

松宮の言葉に女はいきりたった。

「お願いです…」

「どきなさいよ！」

松宮を振り切って、女は待合室に入っていった。


淳也はどう声をかけたらいいのかわからなかった。

探るような淳也の視線を、まぶしそうに松宮は避けている。

「いったいどこで知ったのか…」

うつむいた松宮は放心したように独り言をつぶやいていた。

エレベーターが開いて、ファッショナブルな衣裳に身を包んだ女が出てきた。

「松宮さん」

名前を呼ばれ、顔を上げた松宮は彼女を見て固まった。

「社長さん、危ないんですって？」

「い…ま…いま…取り込み中…なので…」

罠にかかった狸のように松宮はふるえている。

「なに言ってるの、せっかく来たのに」

女は待合室のドアに手をかけた。

「待って下さい」

松宮は焦っていた。

「どうして？」

「中に奥さんが…」

「今さら奥さんなんか、ぜんぜん恐くないもの」

弱り果てている松宮を無視して、この女も待合室に入っていった。

こんな調子で次々とその後も女が現われた。

松宮の必死な懇願と執り成しもむなしく、みんなが待合室に入っていく。

「何人になります?」

壁にもたれかかった松宮がぽつりと尋ねた。

「五人」

淳也も隣でぽつりと答えた。

「もう来ない?」

「だといいですね」

淳也と松宮はずっと廊下に立っていた。待合室に戻るのが恐ろしかったのである。

「奥さんは知らないんですか?」

「社長はウソがうまいんです」

「だとしてもこの人数。よく使い分けられますね」

「社長は頭がいいんです」

「でもそれにしたって…」

恩人だと尊敬していた人物が、マサカの人格である。

淳也は心から驚いていた。

「社長は強運の持ち主なんです。今までうまくいってたのは奇跡。いつかこんな日がくるんじゃないかって、心配してたんですが…」

松宮はガックリと肩を落とすと、大きなため息をついた。

「社長は…元は小さな町工場の工員でした。それが西園寺グループの創設者の今の会長の娘と恋仲になって結婚」

「それがあの奥さん？」

「そうです。婿養子になって西園寺一族の一員となりました」

「いわゆる逆玉ですね」

松宮は天井を見上げて頷いた。

「もともと要領がよくて、やり手なんです。その後はあれよあれよというまに出世して社長に。会長は猜疑心が強くてワンマンなんですが、一人娘に弱いんです。逆にお嬢さんはおっとりしていて疑うことを知らない」

「だからバレなかったんですね」

「そう。社長はそれは上手に立ち回ってましたよ。今までは…」


エレベーターの扉が開いた。

「松宮さん」

出てきた女に名前を呼ばれても、もう彼はうろたえなかった。

今度の女は若くなく、美しくもなかった。だがこれまでの女たちのように安っぽくない。あわてた素振りもなく、威厳があり、堂々としていた。

「あの人、とうとう死ぬのね」

「縁起でもない。社長は大丈夫です」

松宮の言葉に、女は意味ありげに片眉を上げた。

「本当に大丈夫かしら。何人来たの？」

松宮は怪訝な目で女を見た。

「西園寺の愛人よ。二人？　三人？」

女がこちらに顔を向けたので、淳也は思わず答えた。

「五人です」

女は高笑いした。

「全員来たのね。面白いことになったわ」

「あなたが報せたんですか？」

「そうよ松宮さん、西園寺は嘘つきだけど、私には嘘をつかないの。だから愛人が増えるたびにリサーチして、住所録を作っておいたのよ。こういう時のためにね」

「何が目的ですか？」

松宮が恐る恐る尋ねた。

「あの人にとって奥さんは、いくらでもお金を引き出せる銀行。愛人は楽しみを与えてくれる夢ランド。私は癒しをもたらしてくれる女神。うまく使い分けたつもりだったろうけど、私はね、松宮さん、とっくに限界を超えてたのよ。日陰者はもうたくさん。ずっとこの日を待っていたの。奥さんに挨拶してくるわ」

女はそう言うと、待合室に入っていった。

松宮の説明によると、この女とは結婚前からの付き合いで、西園寺との間に隠し子がいるとのことだった。

「これで完全にアウトですね」

淳也がつぶやくと、

「モテるのも考えものですね」

と、松宮がしみじみと言った。

「社長はイケメンで気前がいいのでモテる。ヘタに情が深い。だから始末におえない」

「真相を知って、奥さんはどうされるでしょう」

「離婚ですね。信じきっていたんですから。会長は絶対許しませんよ。何もかも取り上げて、会社から追い出しますね、きっと」

「じゃあ、手術がうまくいって」

「助かっても」

「待っているのは」

二人は顔を見合わせた。


手術中の赤いランプが消えた。

了

高齢者は幸麗者《こうれいしゃ》

里子は歌が好きだった。学校で教わった唱歌からテレビで覚えた歌謡曲まで、一人になるといつのまにか口ずさんでいる。そんな子供だった。

とはいえ特別に歌がうまいワケではなく、歌手に憧れるということもなく、高校を卒業して銀行に勤め、見合い結婚して、専業主婦となった。

授かった子供は一男二女。平凡な暮らしの中で、子供たちは無事成長して、やがてそれぞれに巣立っていった。八つ歳上の夫は七十五の時に他界した。六十七歳で里子は未亡人となった。

やがて古希を迎えた里子は、「すみれの会」という歌会に行くようになった。この会は高齢者の女性の集まりだった。七十代の里子は中堅クラス。会場は駅前にほど近いカラオケ店の一室。

もともと歌会は、ネオン街の地下にあった高級クラブで行なっていた。なぜそこかというと、店のママが唱歌が好きで、仕事のない昼間に「唱歌を歌う会」という教室に通っていたのだが、この教室が講師の都合で急に閉じることとなった。行き場を失った生徒たちをママは見兼ね、昼間なら空いているからと、自分の店で歌会を始めたのである。店の女性客や新しいメンバーも加わり、週二回の歌会はこの店で二十年以上続いた。

やがてママも齢八十を過ぎ、店を閉めることとなった。しかし歌会は続けたいと思ったママは、メンバーの助けを借りてあちこちあたり、今のカラオケ店を見つけた。歌会は「すみれの会」と名づけられ、現在に至ったのである。

しかし、今このカラオケ店にママの姿はない。店を閉じてすぐに病気となり、まもなくこの世を去ったからである。

「ママがつないでくれた縁だから」

すみれの会ではそう言って、ママへの感謝を忘れず、みんなで仲良く歌を歌っていた。

里子はすみれの会に行くのが楽しみだった。

今では三人の子供たちは結婚し、それぞれ家庭を持っていた。孫も男女合わせて四人いる。でも一緒に暮らしているわけではないので、やっぱり寂しい。すみれの会に行くと、歌を歌うことそのものの楽しさはもちろんあるが、歌の合間にご飯を食べたりおやつをつまむ、その時の何気ないお喋りが楽しいのである。

「六月もおしまい。今年ももう半分終わっちゃうんですね。歳をとると一年が早いわあ…」

すかさず合いの手が次々と入る。

「七十になったらもっと早いよ」

「八十になったら新幹線並み」

「九十になったらジェット並み」

みんなで大笑い。

今では唱歌だけでなく、歌謡曲、演歌、シャンソン、なんでもござれだった。十人前後の人数にマイクは二つ。マイクは使ってもよし、使わずともよし。ステージに立ってもよし、立たずともよし。好きな曲をリクエストして、みんなで一緒に歌う。少々音が外れたって気にしない。音痴でも大丈夫。

「ここに来るとスカッとするわ」

「ストレス解消。歌ってると気分いいのよね」

「お喋りも楽しいし」

ここでは人の噂や悪口はない。みんな気持ちのいい人ばかりだった。

話上手な人がいて、面白おかしく会話を引き出す。みんなも頷きながら乗ってくる。内気で口下手な里子は聞き役だったが、一緒に笑っているだけで楽しかった。

カラオケ店はセルフサービスで飲み物は自由である。歌って笑って喉が渇くと、廊下に出て、それぞれ好きなものを取りにいく。

里子はそんな時、ウエイトレスの役を引き受けた。

「飲み物、何か持ってきましょうか?」

「カルピスをお願い」

九十四歳の志乃が応える。

すぐにからかいの声があがる。

「初恋の味ね」

「志乃さんの初恋はいつ？」

「十七」

「私は十八」

「私は二十一」

「私は十二」

「まあ早熟…」

「あら私なんて七つの時よ」

「おマセねえー！」

歳は重ねても昔は乙女。こういう話になるとみんな生き生き！

「でも今は、恋はコイでも池の鯉。縁がないわねえ」

「寂しいこと言わないの。女は死ぬまで恋心持っていなくちゃおしまいよ。好きな人つくらなくちゃ」

「そうよ。芸能人でも誰でもいいから、恋してなくちゃ、生きててつまんないわよ」

口々に唱える二人はともに七十代後半。それぞれにひいきの歌手がいて追っかけをしている。それがあってか、二人ともいたって健康。お肌つやつやである。

「私はそんな元気ないけど、花を見てるとホっとするの。丹精こめた花が咲いた時は、それは嬉しいわ」

「わかる。私は家庭菜園。キュウリにナスにトマトにゴーヤ。花が咲いて、実が成っていく。毎日世話をしてて、幸せよ」

「私はね、お芋。我が家から二キロ半離れた雑貨店に百円の焼き芋が売ってるの」

「百円?」

「安い!」

「そうでしょう。買いに行くのが楽しみ。歩けば往復で五キロ。足腰の鍛練にもなるしね」

「私の楽しみは毎日のお風呂よ。いろんな香りの入浴剤の中からひとつを選ぶの。今夜は薔薇にしようかななんて、贅沢な気分」

「わかるわあー。私も頑張った日は自分へのご褒美にちょっぴり高い入浴剤いれるもん。温泉に行けないからせめてもって」

志乃が笑顔でしめくくった。

「ささやかな幸せが一番」


歌会に行くようになって、里子は明るくなった。人生の先輩・後輩たちに囲まれて、仲良く一緒に歌っていると、それだけで心が満たされた。

やがて一人暮らしにも慣れ、心に余裕のできた里子は、もともと旅が好きだったので、広告で見かけたツアーに参加し、外の景色を楽しむようになった。

そんなある日、思いがけないことが起こった。ツアーで知り合った男性からプライベートな手紙が届いたのである。

その男性とは、二泊三日のツアーの間、たまたまバスの席が隣だった。夫婦連れが多い中、この男性は一人でツアーに参加していた。里子も一人だったので、自然に言葉を交わすようになり、お互いの趣味が短歌とわかってからは、会話が弾んだ。

男性の名前は西尾篤史。西尾の妻は七年前に他界。歳は里子より二つ下の六十八だった。

手紙を受け取ったその日、里子は思い悩んだ末に、志乃に電話をした。

電話番号を教えてもらってはいたが、電話をするのは初めてだった。

「すみれの会の小川里子です」

「まあ、里子さん。あら嬉しい。どうしたの？」

「…あの、突然ですみません。ちょっとご相談したいことがあって。ご迷惑でなければ…」

「迷惑なんてとんでもない。よかったらうちにいらして。今日は一日家にいるから」

「よろしいんですか?」

「大歓迎よ。前からお招きしたいと思っていたの。うちでゆっくりお話をお聞きしましょうね」

「ありがとうございます」里子の声は明るく弾んでいた。「ではお言葉に甘えて。伺わせて頂きます」

電話で教えられた通り、バス停を下りて、通りを右に入ると、志乃の家はゆるやかな坂道を上っていく途中にあった。丘を拓いた高級住宅地で、豪華な家々が立ち並んでいる。

その昔、この通りには樋口雅夫がその母と暮らす家があった。雅夫は終戦直後、当時の日本に燦然と輝く星、「悲劇の神童」と呼ばれた天才ヴァイオリニストである。薔薇に囲まれたそのつましい洋館はすでになく、雅夫の存在を知る人も、現在はほとんどいないのだったが…。

雅夫の家があった地所は今は空き地となっていた。その隣、竹の塀に囲まれた、蔵のある古い日本家屋が志乃の家であった。

「迷わないで来られた？　さあ、上がって」

里子が通されたのは奥の座敷だった。

庭に築山と錦鯉が泳ぐ池が見える。違い棚に美濃焼きの壺。床の間には山水画の掛け軸がかかっていた。

座卓で向かい合うと、志乃は満面の笑顔で言った。

「本当に、よく来て下さったわねえ。嬉しいわ」

すみれの会で会う時も志乃はとても若く見えたが、こうして向き合うと、改めてそれを実感させられた。

若々しく、溌剌とした物腰。カールした銀色の髪が、細面の輪郭を優雅に縁取っている。肌の色艶も良く、とても九十四には見えない。

志乃は六十九で亡くなった里子の母と同い年であった。

そのせいか、面影が母と重なる。どことなく感じも似ているのである。

すみれの会で志乃と出会って以来、里子は心の中で志乃を慕っていた。それで今回、志乃に相談しようと決めたのだった。

「歌会とは関係のないことなのですが、すみません…ほかに相談する人がいなくて…」

「大丈夫よ。何でも相談してちょうだい」

里子は西尾の手紙を取り出して、座卓に置くと、手紙を受け取ることとなった、旅行のツアーでの出会いから始まって、これまでの経緯を説明した。

「西尾さんに『良い歌ができたら教えて下さい。ぼくの歌もお送りしますので、添削お願いします』って、冗談まじりにそう言われて、あとで住所を書いたメモを渡されたので、私もお知らせしなければ失礼かなと思って…」

「それで住所を教えたのね」

「はい」

「手紙が届いたのはいつかしら?」

「旅行から帰ってきて、一週間くらい経ってからです」

志乃は手紙を手に取った。

「見事な字！　達筆ね」

「私もそう思います」

「読んでいいの？」

「お願いします」

手紙には二枚の便箋が入っていた。

一枚目は先日の旅を詠んだ歌が五つしたためられている。

問題は二枚目だった。

一枚目を真剣な面持ちで読んでいた志乃は、二枚目に至って笑いだしてしまった。

「ごめんなさい、笑ったりして。だって里子さん…」

志乃は大笑いしながら、二枚目の最後の文を読み上げた。

「お会いしたい。どうしてもお会いしたいのです。あなたとぼくの中間地点、M市辺りはいかがでしょう？　イエスと言ってください」

志乃があんまり笑うので、里子もつられて笑い始めた。

「すごいわー。『イエスと言ってください』。なんて強気！」

「そうでしょう。志乃さん、どうしたらいいんでしょう。私、ホントに困ってるんです」

志乃が茶目っ気たっぷりに言った。

「あなたの気持ちひとつじゃない。この人のこと、イヤなの？」

「そういうわけじゃあ…」

「じゃあ、何が問題？」

「だって、この歳で…」

志乃は呆れたようにため息をついた。

「なに言ってるの。里子さん幾つだった？」

「七十」

「若い。若い。私より二まわりも若いじゃない」

「でも西尾さんって、年下だし…」

「たった二つでしょう。問題にならない」

　里子はうつむくと、小さく言った。

「だって、私…そんなつもりぜんぜんなかったんですよ。それなのに、こんなこと言ってこられるなんて…」

「心の準備がないってことね？」

　里子は顔を上げ、心もとなげに答えた。

「はい」

　志乃はにっこり笑うと、前かがみになり、里子に顔を近づけた。

「西尾さんってどんな方なの？」

「そうですね」

　里子は少しテレながら答えた。

「気さくで、話しやすい方でした。一緒にいて、肩が凝らないというか、楽というか…」

「要するに、居心地がいいってことね。いいじゃない。一緒にいる時、気を使わなくてはいけない人って、厄介だもの」

「正直言うと、手紙が届いた時、嬉しかったんです。短歌の添削お願いしますって言うの、本気だったんだなって。でも手紙を開いて歌を見てみると、あまりにヘタで…」

そう言われて、志乃は一枚目の便箋に改めて目をやり、五つの短歌をじっくりと読んでみた。

「短歌の善し悪しはよくわからないんだけど…」

志乃は小首をかしげて言った。

「俳句には季語があるけど、短歌にはないの？　字数とか決まりがなってないということ？」

「それ以前の問題です」

里子の声は静かであきらめに満ちていた。

「短歌になっていないというか。達筆なだけに、痛々しくて…」

志乃は二枚の便箋を座卓に広げると、それを見つめて何ごとか考えていたが、やがて顔を上げて言った。

「短歌が趣味というのは、たぶんウソなのよ。あなたと話がしたいから、調子を合わせただけ」

　里子は驚いて志乃を見た。

「そうなんですか？」

「許してあげなさい。それだけあなたに惹かれたということなんだから」

「でも、そんなふうにはぜんぜん見えませんでした。それに、私なんかのどこが良くて…。美人でもないし、話も上手じゃないし」

「あら、あなたってとても感じが良いのよ。控え目で、聞き上手だし。あなたをステキだって思う男の人の気持ち、私はわかるな。現にこうしてこんな熱い手紙が届いたじゃない」

　里子は口ごもりながら答えた。

「まあ…そう…ですけど…。そう…です…ね」

「『お会いしたい。どうしてもお会いしたいのです。イエスと言ってください』

なんて、普通なかなか書けないわよ。これを強引ととるか、想いが募っての勇気をふりしぼった言葉ととるか、そこが別れ目ね。こんな調子で旅で知り合った女性に手紙を送りつける、軽佻浮薄でウヌボレの強い人間か？　または真面目に思い詰める一途でピュアな人間か？」

「どちらでしょう？」

「あなたはどう思うの？」

「わかりません。真面目な方だと思いたいけど……。印象は悪くなかったけど……。やっぱり……わかりません」

「だから会って確かめるのよ」

志乃はきっぱりと言った。

「深刻に考えないで。先ず会ってみる。会ってみて、ダメだと思ったら、その時はその時。フって次にいけばいいの」

思わず里子は笑ってしまった。

「この歳で、次があるんですか？」

「里子さん、いい、心の持ち方ひとつなのよ。歳をとっても老けこむことはないの。人生経験積んで、酸いも甘いも味わった高齢者。私たちこそが、残り少なくなった日数を大切に、幸せに暮らす権利があるのよ。歌会で私がいつも言ってるでしょう。ささやかな幸せが一番って。私なんか、それこそこの歳になっても、会いたかったり、一緒に月を眺めたい異性がいるの。そういうのって、とっても大切よ。人は気持ちで生きてるんですもの。気持ちが満たされてると、体も元気。心のハリはお肌のハリ。外見も老けこまないで、若々しくなるのよ」

なるほど。

志乃が言うと説得力があった。

里子は座卓に両手をつき、神妙に頭を下げた。

「わかりました。私、西尾さんに会います。会って、よく観察して、それからのことはまたその時に考えます」

志乃は満足そうに両手をたたいた。

「百点！」

その夜、里子は遅くまで志乃の家にいた。夕食をご馳走になり、身の上を語り合ったり、ほかにもお喋りに花が咲き、楽しい時を過ごした。

その中で、思いがけない事実を知らされたのである。

「ママが運命の人に巡り合ったのは八十を過ぎてから。あの時も私、一生懸命励ましたのよ」

「ママ？」

「歌会の、すみれの会の、創始者よ」

「ああ、たしか…高級クラブのママでしたよね」

「そう、あのママ。運命の人は親子ほど年下でね。まだ六十代。でもママはとっても綺麗で若く見えたから、お似合いだったわ。お別れするのはつらかったけど、ママの幸せのためだもの。なんて言ったかしらね、地球の反対側の小さな国。そこに二人して駈け落ちしたの。時々絵はがきが届くのよ。今も仲良く暮らしているわ」

里子は志乃が何を言っているのかわからなかった。

ママは齢《よわい》八十を過ぎて、店を閉め、すぐに病気となり、まもなくこの世を去った——と聞いていたからである。

「あの…ママって、お亡くなりになったんじゃ…」

志乃は朗らかに笑った。

「そういうことにしてあるだけ。二人を逃がすために、ひと芝居うったのよ」

「ひと芝居…」

「そう、みんなで」

「みんなって?」

「すみれの会のみんなよ」

庭の池の錦鯉が一匹跳ねた。

部屋の掛け軸がかすかに揺れている。

唖然としている里子に、志乃がいたずらっぽく告げた。

「ほかの人には内緒よ」

了

時の贈り物

佐川朗は自分の名前が気に入っていた。

ほがらかの朗。ロウと読む。

おそらく親がつけてくれたものと思われるが、定かではない。確かめようにも両親がいないのだ。

死別したわけではない。二人は朗が九歳の時に離婚していた。母方の伯父夫婦のもとに引き取られた朗は、そのためにその後は神戸で育った。

父親は離婚後もそのまま東京のアパートで暮らしていたが、再婚し婿養子となって山梨に移ってからは音信が途絶えた。美貌で鳴らした母親は銀座のホステス嬢を転々と勤めた挙句に行方不明となっている。

伯父夫婦は朗を実子と分け隔てなく育ててくれたし、三人の従兄たちともさしたる問題は起こらず、神戸での生活は平穏なものだった。

それならば朗が幸福だったかというと、そう単純にはいかなかった。親に捨てられたという事実に、彼は深く傷ついていたのだ。

しかし朗が高二の時に光が訪れる。

それは一冊の本によってもたらされたものだった。

継母の執拗ないじめに遭いながらも、明るくまっすぐに生きようとする少女を描いた小説で、そのヒロインが言うのだ。

「私ね、石にかじりついてもグレまいって思ったの」

アッパーカットをくらったような衝撃を受けた。

そうだ、その通りだ――と朗は感激した。

自分の生き方は自分が決める。誰かのせいではない。世の中のせいでもない。どんな人間になるかは自分の責任だ。たとえ不遇でも、人並みでなくとも、心を気高く保っていれば、人は正しく生きられるのだ。

父と母を許そう、と朗は思った。生い立ちがどうの、境遇がどうのと、自分がどうすることもできないことで、思い悩んだり、人を憎んだり、卑屈になったりするのは、もうやめよう。

せっかくこの世に生を受けたのだから、一度しかないこの人生を大切にして。名は体を表すというではないか。ほがらかの朗。この名前こそがぼくの宝物。この小説の主人公に負けないように、これからは朗らかに、ぼくは生きていこう。

そう決心したのだ。

——それなのにあの人はあんなことを言うのだ。

庭の紫陽花に降る雨を見つめて、朗はため息をついた。

ここは落葉シティの北西に位置する夕凪荘《ゆうなぎそう》というアパートの一室だった。机と本箱とファンシーケースが部屋の片壁を占めている、六畳一間のワンルーム。室内には朗のお気に入りのシューベルトのアルペジョーネ・ソナタが流れている。

——待合室でね、待っているだけなのよ、人生なんて。名前を呼ばれるまで、暇つぶしに、雑誌を開いたり、テレビを観たり、窓の外を眺めたりする。それだけ。

その時朗は残業を終えて、会社が出店している雑居ビルの二階の廊下を歩いていた。蒸し暑い六月の夜で、そのためだろう、『宮垣会計事務所』と書かれたテナントのドアが開け放しになっており、近づくと話し声が聞こえてきた。

通りすがりに何気なく中をのぞいた朗は、首をかしげた。女性の姿が一人しか見えなかったからだ。

電話をしているのではないし、ひとりごとをいっているようでもない。誰かに話しかけているといったふうだ。

不思議に思って立ち止まり、よく見ると、花瓶の紫陽花を相手にしているのだということがわかった。ドアを背にしているので、朗に気づかない。

その時に聞いたのが前述の台詞だったのだ。

以来、朗は彼女のことが気になって仕方がなくなってしまった。

待合室だって？

暇つぶしだって？

どうしてあの人は人生を、そんなふうにしか受け取ることができなくなってしまったのだろう?

学生時代の先輩で高校教師をしている今泉直樹という友人が朗にはいた。夕凪荘の近所のマンションに住んでおり、妻の里香も気さくな人柄とあって、朗はたびたび今泉家に出入りしていた。その今泉夫妻に夜のビルで見聞きしたこの一件を話したところ、翌日には里香が彼女のプロフィールを調べ上げてきた。

里香はこの街で一番人気のある美容室サロン・ド・トキコに、美容師として勤めていた。その情報網の広さにはいつも脱帽ものだったが、こういうことに関しては特に、電光石火も顔負けの速さだ。

名前は藤崎久実子。

年齢は三十二歳。

独身。

恋人なし。

趣味は読書。

「おまえより七つ年上だが、それでもいいなら話を進めようか？」

「何を勘違いしてるんですか、先輩。ぼくはあの人がどうしてあんな厭世的な人生観を持つにいたったか、それが知りたいだけですよ」

「言い訳はいいよ、朗。おまえと俺との仲じゃないか。おまえって、性格まっすぐで、外見だって俺ほどじゃないにせよ結構いいせんいってんのに、学生時代からなぜかずっと女っ気なしだったんだよな。これでもひそかに心配してたんだぞ。めでたい話だ。一目惚れなんだろ」

「見たのは後ろ姿だけだって言ってるじゃありませんか」

「照れないでって……」訳知り顔に里香が朗の背中をひと叩きしてきた。

「趣味が読書だなんて朗君にぴったりじゃない。私たちもできるかぎりの手を尽くすから、頑張って、ね！」

今泉夫妻のピント外れは今に始まったことではない。

呆れ顔でしばし二人を眺めた後、朗は気にしないことにした。

街の北西には商店が建ち並ぶにぎやかなオレンジロードがのびていた。その通りから一区画入ったイチョウ公園の裏に夕凪荘はあった。

築三十三年の二階建ての木造で、上と下にそれぞれ十室の部屋がある。古くて狭くて風呂がないが、家賃の安さが魅力。住人間に面倒な人間関係がないのも気に入っていて、朗は学生時代からそのまま住み続けていた。しかし、老朽化のためにこの九月に取り壊しが決まり、跡地は駐車場にする予定で、住人は八月いっぱいで立ち退くようにと勧告されていた。

里香の世話で同じ町内にある橘アパートに入居が決まっている朗は、さしたる荷物もない関係上、荷造りに手間取ることはないと思われたので、八月末の引っ越し日までに短篇小説を一作仕上げるつもりでいた。

朗が小説を書き始めたのは、神戸を離れて欧亜大学の学生となってこの街で暮らすようになってからだった。

もっとも、生来の本好きだったし、小学生の時代から一番好きなのは作文の時間。散文のようなものはずっと以前から書いていた。

この度の短篇はある出版社の文芸コンクールに応募する予定で、内容もすでに決めてあった。夕凪荘の二階に住んでいた少女をモデルにしたファンタジーだ。

この少女と初めて出会ったのは、朗がまだ学生時代の落葉の季節だった。夕陽に染まった街が茜色に輝く、晩秋のある美しい夕べ——。

イチョウ公園に敷き詰められた落葉のカーペットを踏みながら朗が夕凪荘に戻ると、おかっぱ頭の四、五歳くらいの女の子が、一階の朗の部屋の前にうずくまっていた。身体を丸めて身動きをせず、じっとうつむいたままでいる。朗は気になって声をかけてみた。

「どうしたの？」

朗を見上げた少女の目には涙がたまっていた。

「レミちゃん、おうちにいたくないの」胸に抱いたセルロイドの人形に愛しそうに頬ずりをしている。

わけを訊ねると、たどたどしい言葉で語り始めた。その話からうかがいしれたのは、両親の不仲だった。

部屋でジュースをご馳走してやると、まもなく帰っていったが、それ以来少女は時々朗の部屋を訪れるようになったのだ。

ノックの音に、「レミちゃん?」と訊ねると、「うん」とひとこと返ってくる。朗はたいてい机に向かっているので、「入っていいよ」と返事をして、そのまま小説を書き続けている。

少女はいつも胸に抱いている人形をそっと脇に座らせ、持ってきた折紙やおもちゃを手提げから取り出して遊び始める。

口数の少ない、おとなしい性質だった。部屋にはこの頃から朗のお気に入りだったアルペジョーネ・ソナタが流れていた。コントラバスの音色に合わせて、少女は小さな身体を揺らせ、メロディーを口ずさんでいる。

これがあの頃の風景だったのだ。

しかしある年の春、ぱったりと姿を見せなくなった。ちょうど朗が就職をした時期と重なったので、忙しさにかまけているうちに、気がつくと少女が来なくなって一ヵ月近い日々が過ぎていた。

さすがに気になってアパートの二階を訪ねていったが、時すでに遅く、少女一家が暮らしていたはずの部屋には別の住人が住んでいた。

さよならも言わずに、少女は行ってしまったのだった。

盆休みも終わり、引っ越しが間近に迫ったある夜――。

今泉先輩のマンションで夫妻と一緒に夕食の膳を囲んでいた時、直樹が唐突に訊ねてきた。

「それで、どうなってるんだい、朗。藤崎久実子とは？」

「あの時も言ったでしょう。ぼくはあの人のことは……」

「後ろ姿しか見たことはない、とはもう言わせないぞ。名前も歳も判明したんだ。同じビルの同じ二階。すでに顔は確認済みのはずだ」

たしかにそうだった。あの二、三日あと、階段ですれ違った女性が、「藤崎さん」と呼ばれたのを聞いて、ふりむいた顔を思わず見てしまったのだ。その後も廊下や階段で何度か見かけている。

「色白の肌。長い黒髪。キュートな童顔。ナイスだねえ」

「どうして知ってるんですか？」

「サロン・ド・トキコのネットワークの賜物よ」

里香が嬉しそうに身を乗り出してきた。

「最新情報、聞きたいでしょう？」

里香が得々と語ったところによると、藤崎久実子は宮垣会計事務所に勤めてまだ半年。真面目で仕事は丁寧だが、人付き合いが悪く、性格は暗い。

父親は二十年ほど前に亡くなっており、兄弟はなし。ずっと母親と二人暮らしだったのが、その母親が去年病死し、その後一人でこの街に越してきたとのことだった。

「かわいそうに、天涯孤独の身になったんだ。そうともなれば、あんなセリフのひとつも、いってみたくもなろうってもんさ」

　直樹の言葉で朗の脳裏にあの夜の光景がよみがえってきた。

　暗い廊下。開け放されたドア。紫陽花に向かって語りかけていた後ろ姿。

　――待合室でね、待っているだけなのよ、人生なんて。

　闇の中から響いてくるような、けだるい、あきらめきった、彼女の声……。

「デートの段取りは任せておけ」

　直樹の話が突然に飛躍するのは毎度のことなので、驚きはしなかった。が、テーブルに置かれたチケットを見て朗は目を見張った。どうしても手に入らなかったゲリー・カーの独演会ではないか。それもS席で続き番号が二枚。

「まいったなあ。違うんですってば、彼女のことは先輩の……」

「勘違いだって言いたいんだろ。わかってる。おまえの心はお見通しだよ。わかってるって。だが、朗よ。どうしてか俺も里香も、この藤崎久実子っていう人間とおまえとの出会いには、運命を感じるんだ」

「そうなのよ。とっても不思議なんだけど、聞いたその瞬間から、私たちには、ビビビってきてるの」

「運命」も「ビビビ」も、いつもの夫婦そろってのピント外れにしか聞こえなかったが、ゲリー・カーのコンサートチケットというのが朗にとっては強烈な魅力だった。学生時代から熱愛しているCD。お気に入りのあのアルペジョーネ・ソナタを演奏している人物こそが、ゲリー・カーなのだ。

恐る恐るチケットに手をのばそうとした、その一瞬先に、直樹がチケットを取り上げ、にやりとしていった。

「いいか、朗。『藤崎久実子を誘って一緒に行く』。このチケットがおまえのものとなる、これが絶対条件だ。里香の強力なコネのおかげとはいえ、ドリームホールのこんな席がとれるなんて、ほとんど奇跡だぜ。大枚はたいたが、心配はいらない。結婚祝いから差し引いといてやるよ」

暦は九月に入った。

太陽は輝きを失なわず、寝苦しい夜の暑さも去らなかったが、時は確実に盛夏の終息を告げている。

コンサートの日が間近に迫っていた。が、未だ彼女へのアプローチがとれない朗はやきもきとした日々を送っていた。引っ越しを終えた途端に出張を命ぜられ、四日間も会社を留守にしていたからだ。

しかも財布を失くした。

カードは持たない主義だし、中身の現金もたいした額ではない。朗が青くなったのは、財布に例のコンサートのチケットが入っていたからだった。

ところが職場近くの交番に行くと、財布はすでに届けられていて、中身もそのままに保管してあった。しかもそこで驚くべきことを知らされた。財布の拾い主が、あの藤崎久実子だというのだ。

偶然の不思議さにうたれながら、朗はその足で宮垣会計事務所に出かけていき、廊下に久実子を呼び出してもらい、鄭重にお礼を述べた。

間近で顔を合わせるのは初めてだったが、おそらく遠くから何度か見ていたせいだろう、初対面という気がしなかった。それに誰とは思い出せないが、知っている誰かに似ている気がする。

謝礼を申し出ると、丁寧に辞退されたが、そのかわりにといって、思いがけないことを訊ねられた。

「財布の中を警察で確認した時、ドリームホールのコンサートのチケットが入っているのを見ました。あのチケット、どこに行けば手に入るのでしょうか?」

聞けば彼女はゲリー・カーの大ファンで、どうにかしてコンサートに行きたいと願っているのだが、八方手を尽くしているのにもかかわらず、チケットがとれないのだという。

「あきらめきれなくて……」

思い詰めたように目を伏せた久実子を、信じがたい気持ちで朗は見つめていた。

「受け取って下さい」

チケットを差し出し、久実子をまっすぐに見て思い切って言った。

「謝礼のかわりではありません。もともとあなたを誘うつもりで、あなたのために用意をしたものです。これはあなたのチケットなのです」

夏の終わりの夜空が、着飾った貴婦人のお披露目のように赤や青の星をきらめかせている。

月明かりの遊歩道を二人は歩いていた。

「豊かで張りがあって深い音色。指使いなんて目にも止まらぬ速さで、まさに神業ですよね」

コンサートの帰り道で、未だ興奮覚めやらぬ朗は喋り続けていた。

「演奏技術もすごいけど、ゲリー・カーは楽しいことが大好きな人で、コントラバスも楽しんで弾いている。そこがまた彼のすごいところなんだなあ。あんなにニコニコしながらアンコールに七回も応えてくれる演奏家なんてほかにいますか。みんな素晴らしかったけど、ぼくはやっぱり、ラストのアルペジョーネ・ソナタが一番」

「アルペジョーネ・ソナタがお好きなんですか」

久実子が穏やかにほほえんでいった。

「私もそれが一番好きな曲なんです」

彼女を暗い性格なんていったのは、どこのどいつだ？

さやかでゆかしい今宵の星月夜のように、なんと素敵な女性ではないか。

「ぼくは学生時代に初めて聴いて、それから虜になっちゃって」

「私が出会ったのはもっとずっと前……子どもの頃です。同じアパートに住んでいた人の部屋で、いつも聴いていたんです。私は小さかったので、最初は何も知りませんでした。曲の名前も、コントラバスという楽器の名前も、演奏しているゲリー・カーという人のことも。ひとつひとつＣＤのジャケットの写真を指差しながら、その人が教えてくれたんです」

おやっ？

久実子の横顔に思わず目を留め、朗は首をかしげた。

ぼくの記憶違いだろうか。このＣＤがリリースされたのは、たしかここ十年の間のはずだと思っていたけど……。

「きっとその人も……」

疑問を振り切るように明るくいった。

「ゲリー・カーのアルペジョーネ・ソナタの大ファンだったんですね」

「本当に……。あの部屋でコントラバスの音色が聴かれなかったことなんて、なかったような気がします」

視線を遠くに向け、記憶をたどるように久実子は語り始めた。

「その人は……とてもいい人でした。いつ訪ねていっても、親切に私を部屋に迎え入れてくれて。机で書き物をしているその人のそばで、私は絵を描いたり、折紙をしたり、ままごとをしたりして時間を過ごすんです。時々は一緒に遊んでくれました。おもしろいことを言って笑わせてくれたり、本を読んでくれたり。悲しい時は、自分の子どもの頃の話をして、慰めてくれました。私がアルペジョーネ・ソナタを好きなのは、その人との幸せだったひとときの、思い出のせいなのかもしれません」

久実子の話は夕凪荘の二階の少女を朗に思い出させた。

そして、その時になって、ようやく朗は気づいたのだった。財布のお礼に行った時、誰かに似ていると思ったが……。そうか、彼女は、夕凪荘の、あの少女に似ているのだ。

父親の転勤でアパートを越したので、その人と会えなくなったのだと久実子は言った。この街に戻ってきたのは、もしかしたらもういちどその人に会えるかもしれないという、淡い期待があってのことだ——とも。

「でも、あの頃に住んでいたアパートがこの街のどこにあるのか、私にはわからないんです。今もあるかどうかもわかりません。アパートの名前も、その人の名前も、覚えていなくて……」

そのアパートが夕凪荘だったらおもしろいのにな、と、朗はふと思った。築三十三年の古アパートだ、そうであってもおかしくはない。おそらくそんな偶然は起こらないだろうけれど……。

「その人がまだこの街に住んでいるなら、もしかしたら今夜のコンサートに来ていたかもしれませんね」

「でも、逢ってもわからないと思います。私はもう小さな女の子じゃないし、その人も歳をとっているでしょう。いくつになるのかしら。あの頃は大人だって思っていたけど、本がいっぱいあったから、学生さんだったかもしれないわ」

「机で書き物をしていたって言ったでしょう。勉強をしていたのかな？」

「小説を書いていたんです。作家になるのがその人の夢で……」

朗は奇妙な感覚にとらわれていた。

アルペジョーネ・ソナタの流れる部屋で、少女が遊ぶ隣で小説を書いている青年？

まるで学生時代のぼくだ。

それにしても彼女は、そう思って改めて見れば見るほど、なんとあの時の少女に似ているのだろう。

まるであの少女がそのまま大人になったようではないか。

「どうしてその人の部屋に行くようになったのですか？」

「覚えていません。ずいぶん昔のことですから」

「行っていた期間は？」

「そのアパートで暮らしたのは、三年間だったと母から聞いていましたから、そのくらいのあいだのことだと思うんですけど、はっきりしなくて……」

その後で、思い出したように笑顔になってつけ加えた。

「でも、今でもずっと忘れないでいる言葉があるんです。『せっかく生まれてきたんだから、人生には素敵なことがきっと待っているから、石にかじりついてもグレるんじゃないよ』」

遊歩道を歩いていた朗の足が、止まった。

「きっとその人の口癖だったんでしょうね。声の調子や話し方まで記憶にはっきりと焼きついていて……。宝物のように私が大切にしている言葉なんです」

偶然だ。

朗は彼女から目を逸らせた。

偶然に決まっているじゃないか。

しかし、得体のしれない不安感のようなものが、胸の鼓動を速めていった。ふたたび歩みを始めると、その不安感は増大し、やがて息をするのも困難なほどに身体もこわばってきた。

朗は自分に言い聞かせた。

いくら似ているといえ、どれほどその話が似通っているとはいえ、馬鹿げた考えだ。彼女が夕凪荘のあの少女であるわけがないじゃないか。

しかしどうしても確かめずにはいられず、脱水機のごとくに頭をふる回転させながら考え続けた。

どうすればわかるのだろう？

ぼくの不安を一蹴してくれる、決め手となるものは何だろう？

「その人はあなたを……」

次の言葉を発するまで、ふた呼吸の間があった。

「なんと呼んでいたのですか？」

「名前を呼ばれたことはないんです。いつも私が抱いていた人形と勘違いしてて、人形の名を……」

「レミちゃん?」

びっくりしたように久実子は朗を振り向いた。

「どうしてそれを……」

そんな馬鹿な……。

これが現実のことだとは、朗にはとうてい信じられなかった。

夢だ。これは夢だ。

まさか……。そんなことがあろうはずがないではないか。

久実子は不思議そうに目を凝らしてじっと朗を見ている。その表情から、彼女も何かただならぬものを感じ取っているらしいことがわかった。

雲が流れ、やがて月にかかった。世界が突然に色を失ってしまったかのようだった。影が辺りを覆いつくし、互いの姿が見定められない。しかし、ほどなく雲は移り行き、月の光がスポットライトのように二人の姿を遊歩道に照らしだした。

久実子は半信半疑の表情で、観察するかのように子細に朗を眺め回している。と、ある瞬間、朗にはわからないどこか、記憶の中の何かが、思い当たったようだった。突然、「あっ」と叫んで声を呑み、信じられない様子で朗の目をのぞきこみ、言った。

「おじちゃん?」

それを聞いた瞬間、朗は思い出したのだ。

そうだ。そうだった。あの少女はいつもぼくをそう呼んでいたではないか。

どうしてこんなことが起こったのかわからなかった。これをどう自分に納得させたらいいのか見当もつかなかった。

しかし、間違いない。

ぼくの目の前にいるこの女性は、夕凪荘の二階に住んでいた、あの少女なのだ。

夏の終わりの夜気は澄み、宵待草が月の光を浴びていた。良夜の宴を張った天では、おはじきのような星がきらめいている。

朗と久実子は言葉を失ったまま見つめあっていた。


どのくらいの時が過ぎたのだろう?

いやもしかしたら時は、ずっと止まっていたままだったのかもしれない。

二人の頭上を、流れ星が今行った。

「待合室じゃない。暇つぶしじゃない。言っただろう。人生には素敵なことがきっと待っているって」

朗は大きく両手を広げた。

「迎えにきたんだ」

了